ネムとジド

喜田美樹
KITA MIKI

幻冬舎 MC

ネムとジド

目次

ネムとジド　3
つのを折った鬼　41
手品師　91
森にかえろう　155
海鳴り　175

ネムとジド

ネム、ネム、ネーム、
あたまでっかち　ネーム

遠くで子どもたちの声がきこえる。学校がおわるころになると、ときどきこんな声がきこえる。ネムはうれしそうに床に両手をつくと、ゆっくりと体をおこして、戸口にむかって歩きだした。
声が大きくなった。

よだれったらしの　ダーラダラ
アヒルのあしの　　ヨータヨタ

まえかがみの姿勢で子どもたちをみつめると、よだれをたらしながら、ニカッと笑った。

「あおおー」

ひどいがにまたで、両手はだらりとまえにたれている。

「でたーっ！」

子どもたちは、大声で笑いながら逃げだした。

ついこのあいだまでいっしょにあそんだのに、今はだれもあそぼうとしない。

——ぼくも学校にいきたい——

そう思っても、口にだしていうと、「おーぐ、あっごーいーあい」としかきこえないし、なにをいっても、なかなかわかってもらえない。だから村の人たちは、ネムにはなにをおしえても、むだだと思っていた。それに、わずかとはいえ金もかかるので、学校にいかせてもらえなかった。

ネムはのろのろと、家の裏手の林にむかって歩きだした。

林は丘に沿うようにのびていて、それがとぎれたあたりには、二年まえにできた、村の小さな学校が、ぽつんと立っている。学校といっても、ほったて小屋のようなものだけど、週に三日、牧師か地主の使用人が、子どもたちにかんたんな読み書きと計算をおしえている。

ゆるやかにうねった丘のふもとには、川が流れ、ひろびろとした畑がゆったりとつづいていて、そのなかに、柵にかこまれた旦那の屋敷がある。それは大きな母屋を中心に、まわりに使用人の小さな家、それに家畜小屋や納屋が、かこむように散らばっているというものだ。

ネムの両親は、この旦那の畑を借りて耕している。

以前、父さんが病気ではたらけなくなったとき、旦那からお金を借りたせいで、自分の家と土地を、ほとんどぜんぶ手放したからだ。それでもまだ借金がのこっているので、そのお金と土地代の支払いのために、年がら年じゅうはたらいている。だから、わずかにのこった自分の畑と家畜の世話は、たまの休みの日か、朝まだ暗いうち、そうでなければ、夕方家にかえってからしかできなかった。

ネムは、自分の家のちっぽけな畑のわきを、ゆらゆらと歩いていって、林にはいった。しばらくいくと、父さんがヤギの草を刈る、原っぱについた。

草にすわって空をみあげると、ぬけるような青空に、風がやさしくふいている。

ネムはうれしくなって、大声でうたいだした。それはとうてい歌とはいえないものだけど、川をわたる風のように、やわらかくすんでいて、なんともいえず心がやすまる声だ。

すると、それが合図のように、木々のあいだで鳥が鳴き、ウサギやハチがあつまってきた。ハチはブンブン羽音をたてて花の蜜をすい、キツネや、ウズラや、ノネズミもやってきて、ヘビまではいだしてくる。

動物たちは、ネムをかこんで、耳をすますように、じっとしている。歌声はだんだんゆるやかになって、そのうちに、小さなあくびとともにきえていき、しずかな寝息になった。

クーン、クーン

小さな声に、目をさました。

「だで？　ごっじおいれ」

そういっても、だれもこない。そこで地面に両手をついて立ちあがると、声のするほうにむかって歩きだした。声は、丈の高い草のなかからきこえていた。

草をかきわけると、やっと目があいたばかりの、白い、ちいさな犬がいっぴき、寒そうに鳴いている。

そっとだきあげると、黒い目でネムをみあげ、それから指をすいだした。

「ああ、おにゃあ　しゅいていうんら」

指につばをつけて口にもっていくと、子犬はちゅうちゅうとすい、それから、もっと、というように、顔をみあげた。ネムはニカッと笑うと、子犬を両手でつつんで、よたよたと家にかえった。

家にはだれもいなかった。父さんも母さんも、地主の畑にでかけているのだ。ネムは、台所から小さなつぼをとりだすと、なかにはいったヤギの乳を皿にいれて、子犬のまえにおいた。

だけど子犬は、どうしていいかわからないというふうに、皿をみている。

そこで指に乳をつけてさしだすと、ぺろぺろとなめ、そのうちに、皿に頭をぶつけながら、なめだした。なめおわると、いねむりをはじめた。おしりがぬれて、水のようなうんちがでている。指でぬぐうと、母犬になめてもらったように、安心しきってねてしまった。

ネムは子犬をだいて、ペチカ（暖炉）のわきの、ワラぶとんをしいた小さなベッドにいって、よこになった。

夕方かえってきた、母さんのミレンカは、ネムをみておどろいた。いつもは、たいてい部屋のすみでうずくまっているか、そうでなければ、トリ小屋のまえで眠っているのが、今日はベッドでねているのだ。おまけに、よごれた、ちっちゃな子犬をだいて、ほほえみさえうかべている。こんなにうれしそうな息子のすがたは、近所の子どもたちが学校に通うようになってからは、みたことがなかった。

「かわいいねえ」

母さんは、ネムと子犬をみながら、ほほ笑んだ。

そのとき、父さんのドーブルがかえってきた。父さんは、ネムと子犬をかわるがわるみていたが、やがて首をふって、小声でいった。

「かわいいけどなあ、やっぱり、うちじゃ飼えないよ。かわいそうだけど、ねているうちに、すててこよう」

そういって、指でつまみあげると、子犬はおどろいてキャンキャンと鳴いた。すると、ネムが目をさまして、うれしそうに笑って、子犬に手をのばした。

しかたなく手にもどすと、ネムは子犬をだいて、「ジド、ジド」といって、ほおずりをした。息子がこんなにうれしそうにしているのは、本当にひさしぶりだ。

父さんは、こまったように母さんをみた。母さんも、こまったような顔をして、笑っている。

「しかたがない。飼ってやろう。ふたりでがんばれば、なんとかなるだろう」

犬はジドと名づけられ、ネムは、つぎの日から、ジドをつれて林にいくようになった。

おぼつかない足取りで、落とさないように両手でしっかりとつつんで林にはいり、原っぱにつくと、ひざにのせて歌をうたった。

いつものように、動物たちがあつまってきて、ネムをかこんで、その声に耳をすました。

やがてジドは、小さい体ににあわず、大きくて長い、ふさふさの白い耳と、ふさふさのしっぽをもった犬に成長し、ネムといっしょに、どこにでもいくようになった。

ネムは、この原っぱが大好きなので、いつもそこであそんだ。ジドは、ネムがほうった棒を、耳をひらひらさせてくわえてくるし、草のうえを、いっしょにだきあってころがったりもする。それだけではない、ネムのそばに鳥や動物たちがあつまってくると、いっしょにおとなしくすわっているのだ。

鳥や動物たちは、ネムをこわがらないように、ジドもこわがらなかった。それどころか、ウサギはジドといっしょにとびはねるし、鳥はわざと低くそばを飛ぶものだから、ジドはおもしろがって、鳥たちをおいかけて走りまわり、そのうちに耳をふりながら、高くとびあがるようになった。

村の人たちは、そんなジドを、「役立たず」といった。

「あの犬だって、せめてウサギか、ウズラの一羽でもとってきたら、あの家だって、少しはらくになるだろうに。そりゃあ、荷物はこびだの、牛や羊の番だのはむりにしてもさ。ただでさえ、息子に手がかかるのに、あんな犬までかかえたんじゃ、さぞたいへんだろうよ。だいいち、犬なんか飼える身分じゃないのにな」

父さんと母さんは、そんなことばを耳にしても、だまって笑っていた。なんといわれようと、息子がさびしがらないでいるのが、いちばんなのだ。でも、やっぱり、こんなに貧しいのに、犬を飼っていることが旦那の耳にはいったら、ぜいたくだといわれるのではないかと、気にはしていた。

ネムは、ジドと毎日あそぶうちに、だんだん丈夫になっていった。足がひどくまがってはいるが、ちょっとした小石はとびこえられるようになった。

小石をとびこえるときは、大声でピョーンというので、ジドはその声にあわせて、前足をそろえてピョンとはねた。

そんなある日、ジドが走りながら、少し大きな石のうえをとびこえた。

それをみたネムは、大声で「ピョーン」といって、力いっぱいその石のわきをとんだ。いつもよりずっと大きくとべたので、声をあげて笑った。するとジドはしっぽをはげしくふって、ネムの顔を横目でみながら、こんどは石のうえを、高く、大きくとんだ。

ネムはよろこんで、両手をひろげ、まがった足をせいいっぱいのばして、石のうえをピョーンととんだ。とべた！　とびこえられたのだ。ジドは大よろこびで、ネムのまわりを走りまわり、ネムは、笑いながらおいかけた。

そのとき、こんな声がきこえた。

「イイゾ、イイゾ。コンドハ、モット、タカク、トボウ」

ネムには、それがジドの声だとわかった。どうしてだかわからないけど、そう思ったのだ。

「ど・ぶ？」

ジドはネムの目をみて、ワンとほえると、こんどは草のうえを、前足をそろえ、長い耳をひらいたり、とじたりしながら、高くとんだ。

それをみたネムは、大声でピョーンといって、両手をふり、足をそろえてとびあがった。

さっきよりも高くとべた。

「スゴイ、スゴイ、トンダネ」

ジドがうれしそうにいった。

「おーぐ、どんら？」

「ソウ。デキタンダヨ。サ、モウイチド」

ネムは両手をひろげて、つま先に力をいれ、かかとをあげた。

「ソノママ、リョウテヲ　ウエニノバシテ！」

ネムは思いっきり両手をのばすと、「ピョーン」と大声でいって、とびあがった。体が地面をはなれた気がした。

「おーぐ、どんら！」

地面にしりもちをつくと、ジドは、ネムのうえで、耳を羽のようにぱたぱたとふり、手足をのばしたり、ちぢめたりしながら、耳をうしろにやって、そっとそばにおりてきた。

「おーぐ、どんら、どんら！」

ネムは、両手を大きくふってさけんだ。

その日いらい、ネムとジドは、両親が仕事にでかけると、すぐに原っぱにいって、石のうえをとんだ。やがて、石だけではなくて、つきでた草のうえもとぶようになった。ネムがなによりもよろこんだのは、ジドが前足をそろえて、草のうえを高くとぶことだった。

そんなとき、ネムは手をたたいて、笑いながらこういった。

「いーら、いーら、ピョーン、ピョーン」

すると、ジドは、うれしそうに横目でネムをみながら、草のうえを走りまわり、それから大きく、高くとびはねた。


そのうちに、ジドは、ネムの背よりもずっと高くとべるようになった。ときには、ネムのそばにきたスズメたちをおいかけてかけまわり、スズメたちがまいあがるのにあわせてとびあがると、両耳を水平にして、空中を、ちょっとのあいだだけど、飛ぶようになった。

そのたびに、ネムはアハアハ笑って手をたたき、大声でうたった。


父さんと母さんは、ネムが、ジドといっしょに、夕方楽しそうにかえってくるのをみて、よろこんだ。

「あの子もすっかり元気になって、体もつよくなった。これで、みんなといっしょに学校にいったり、家の手伝いができるようになったりしたら、どんなにうれしいでしょうねえ」

「そうだなあ。学校にいかせてやりたいなあ。ほかの子たちは、みんないってるもんなあ。

少しぐらい金がかかっても、みんなといっしょに通えるようになったら、本当にうれしいのだが。それがむりなら、せめてわしらが生きているうちに、あの子がひとりで生きていけるようにしてやらないとね」

父さんのことばに、母さんは深くうなずいた。ふたりとも、ネムのことが心配でならなかったのだ。


一方、ネムとジドは、家にだれもいなくなると、あいかわらず原っぱにいって、あそんでいた。ネムは、このごろは、立って石をとびこえられるようになっていて、これまでよりも長く歩いたり、あそんだりできるようになっていた。

ジドは、ネムのいうことは、なんでもした。たとえば、ネムがピョーンというと、草のうえを高くとび、ピョーン、ピョーンというと、耳を羽のようにひらいたり、とじたりして、木のてっぺんまでもとびあがった。すると、ネムがよろこんで手をたたくので、ますますうれしくなって、耳を水平にし、しっぽを左右に動かして、ハトやカラスたちといっしょに空を飛んだ。

もちろん、鳥たちのように、高くも、遠くも飛べないが、それでも空を飛んだのだ。ただ、地面におりたあとは、しばらく苦しそうに息をしていたけれど。

ある日、ネムとジドは、いつものように、原っぱであそんでいた。

ネムがピョーンといってとびはねると、ジドも草のうえをとびはね、ネムが、もっと、もっとというように、ピョーン、ピョーンというと、ジドは木のうえめざしてとびあがった。もう一度大声でピョーンというと、空をゆっくりとまわりはじめたので、ネムはうれしくなって、うたいだした。やわらかな、風のふくような声だ。

ちょうどそのとき、村の子どもたちが、林に木の実をとりにきていた。子どもたちは風のような声をきくと、思わず声のするほうをみた。するとおどろいたことに、白い、耳の長い動物が空にうかんでいて、ボロボロの服をきた子どもがひとり、手をたたきながら、空をみあげて楽しそうにうたっているではないか。

ジドは子どもたちに気がつくと、すぐに地面におりて、やぶのなかに身をかくした。けれども、ネムは、気がつかずに、うたいつづけた。

子どもたちは、もうネムのことは思いだしもしなかったが、その独特のやわらかな声と、まがった足はよくおぼえていた。

「あれネムじゃないか！」

「まさか。あんなふうには立てないよ」

「さっき、白いのが空をとんでいた」

「鳥じゃなかったよね」

さわぎながらかけよると、ネムは、ひさしぶりに友だちに会えたのがうれしくて、顔をくしゃくしゃにして笑った。

でも、子どもたちは、

「こんなとこで、なにしてんの？」

「さっき空にいたのは、なんだい？」

そう早口でたずねたものだから、どうこたえていいかわからなくて、だまってうえをむいた。それでみんなもうえをむいたが、まわりの木のほかは、なんにもみえない。

「こいつ、やっぱり、なんにもわかんないんだ」

「こんなやつ、相手にするだけそんだ。さ、いこうぜ」

そういって、また木の実をさがしにいったが、そのうちにひとりがいった。

「あれ、なんだった？　あのへんなの。ウサギじゃなかったよね」

「うん、なんだろう。鳥でもなかったね」

「もう少しみてみようよ」

木のかげにかくれてネムをみていると、白い犬が、やぶのなかから、そっとでてきた。

「犬？」

ひとりの子どもがつぶやくと、犬はまたやぶにもぐりこんだ。

子どもたちはかけよって、ネムをとりかこんだ。

「なあ、犬、飼ってんだろ」

「あの犬だろ。空を飛んでたのは」

ネムはあわてて首をよこにふったが、子どもたちはやぶのなかをのぞいて、もぐりこもうとした。でもジドはどこにかくれたのか、影も形もない。そこで木の枝や棒でやぶをつつくと、とつぜん大きなヘビがでてきたので、おどろいて逃げだした。


やがて村じゅうに、ネムの犬が空を飛ぶという噂がながれた。

その噂は、旦那の耳にもとどいた。

旦那は、はじめのうちはききながしていたが、なんどもきくうちに、たしかめないではいられなくなった。そこで畑をみまわりがてら、父さんにたずねた。

「ドーブル、おまえんとこで、犬を飼っているときいたが、ほんとうかね」

父さんは青くなった。

「は、はい、さようでございます。なにしろ、息子があんなでございますから、学校にもいけませんし……せめてるすのあいだ、だれかといっしょにいさせたいと思いまして……

それに運動をさせて、いつか、はたらけるようにしたいので……ぜいたくとは思いましたが……」

しどろもどろにこたえると、旦那は、

「わしは、なにも悪いとはいっていない。ただ近頃、その犬が空を飛ぶときいたのでな、みたいと思っただけだ。で、どうだ、一度、その犬をつれてきて、みせてくれないか」

これには、父さんもおどろいた。

「犬が、空を飛ぶ、ですって!? そんなことなんて、あるもんですか。なにかのまちがいではありませんか」

これをきいた旦那は腹をたてて、皮の長靴をふみならして、どなった。

「わしがききまちがえた、というのか！ その話がうそだというのなら、そんな犬は、すてでしまえ。ただでさえ、息子がああだからと思って、おなさけであの家に住まわせてやっているのに、役立たずの犬のめんどうまで、わしにみさせるのか。それでも飼うというのなら、でていくがいい！」

父さんはまっさおになって家にかえると、ジドの頭をなでて、なげいた。

「犬が空を飛ぶか……そんなこと、あるわけないよな……だけど、おまえが飛ばないと、すてろっていうし……そうなったら、ネムがかわいそうじゃないか……なあ、ジド、おまえ、空を飛べるかい？　そんなことないだろ……」

するとネムが、ニカッと笑っていった。

「おーぐ、どんら。ジド、どんら」


夏の初めの夕方で、まだ明るかった。ネムはジドをつれて、両親といっしょに林のなかの原っぱにいき、いつものように、ジドにむかって大声でピョーンといった。

ジドは、ためらうように父さんと母さんをみたが、ネムがもういちどピョーンというと、わかったというように、両足をそろえて高くはね、ピョーン、ピョーンという声に、耳をひらいたり、とじたりしながら、近くの木のてっぺんにとどくほど、高くとんだ。

ネムは、ふたりがおどろいているのをみると、うれしくなって、もういちど大声でピョーンといった。するとジドは、耳を水平にして、木のまわりをゆっくりとまわり、ドーンという声でおりてきた。ネムがよろこんでだきしめると、しっぽをはげしくふって顔をなめ、ネムは誇らしさで、大きな口をあけて笑った。


その夜、父さんと母さんは、おそくまではなしあった。ネムとジドを旦那の屋敷につれていって、ジドの飛ぶすがたをみせてやろう。そうすれば、ジドはちゃんと家で飼えるようになるし、ネムもよろこぶ。それに、なにより、ジドを飛ばせることがわかれば、それが、ネムの仕事になるかもしれない。そうなれば、どんなに安心だろう。そんな話をして、わくわくしていた。


つぎの朝、父さんと母さんは、ネムとジドをつれて、屋敷にいった。

ジドが空を飛ぶときいて、旦那はおおよろこびだ。

さっそく庭につれていって、犬を飛ばせるようにといったが、ネムは、どうしていいか、わからなかった。ジドが飛ぶのは、ほかの人にみせるためではないからだ。

それで、最初は、うんといわなかったけれど、父さんがこまっているのをみると、ジドにむかって、ピョーンといった。だが、ジドは、その場にすわったきり、動こうとしない。

「ジド、飛んでおくれ」

母さんがやさしくいった。

しかし、ジドは、耳をうしろにねかせたまま、動こうともしない。

それをみて、旦那がいらいらしたようにいった。

「やはり、この犬は役立たずだな」

母さんはジドにだきついて、泣きそうな声でいった。

「ジド、いい子だから、飛んでおくれ。そうしないと、みんな、あの家にいられなくなるんだよ」

ネムはふたりがこまっているのをみて、ジドの体をそっとなでて、よだれをたらしながらいった。

「ジド、どんれじょうらい。どうだんも、があだんも、よどごぶがあね」

ジドは立ちあがった。そしてネムがピョーンとさけぶと、庭の小さな木のうえをとびこえ、ピョーン、ピョーンというと、そばの少し高い木のてっぺんまでとびあがった。しかし、それ以上は、どんなにいっても、とぼうとはしなかった。

旦那はがっかりした。体の大きな犬だったら、これぐらいとべるからだ。

「これだけか。フン、やっぱり役立たずだな。こんなのを、おまえたちは、いつまで飼う気だ。さっさとすててしまえ」

それをきいて、父さんがあわてた。

「いいえ、この犬は、ほんとうに空を飛べます。私もミレンカも、この目でみたのですから」

「うそではないな。たしかに、チビにしては、高くとぶ。よし、もう少しようすをみよう。もしほんとうに空を飛ぶのなら、あの家に、このまま住んでいてもかまわん。ただし、そうなったら、この犬をわしにゆずれ。もちろん、ただでとはいわんが。いいな」

父さんと母さんは、ほっとして家にかえった。なんといっても、ジドはほんとうに空を飛ぶのだし、それをみせさえすれば、一家はこの家で安心してくらせる。それにジドを旦那にゆずれば、お金もはいるし、ネムも学校にいかせられる。そうすれば、読み書きもできるようになって、ひとりで生きていけるようになるだろう……と、そう思ったのだ。

それにしても、ネムは、いつ、どうやって、ジドにおしえたのだろう。あんなに不自由な体で、犬におしえるほどになるなんて。どう考えてもわからない。

そこで、ふたりはでかけるふりをして、息子と犬のようすをみることにした。

一方、旦那も、ああはいったものの、ジドが木のてっぺんまでとびあがったことを、ふしぎに思っていた。

――あんなチビが、あんなに高くとぶなんて、いったい、どうやって仕込んだのだろう。もしかしたら、ちゃんと訓練すれば、ほんとうに空を飛ぶかもしれない。ともかく、もう一度みてみよう――

そう考えて、やっぱりネムとジドのようすをみることにした。

ネムとジドは、父さんと母さんが家をでると、すぐに林のなかの原っぱにいった。

晴れて、風がさわやかな朝だ。

ネムはうれしくなって、いつものようにうたいだした。

するとその歌にさそわれて、ハトやカラスやスズメだけでなく、ウサギや、アナグマ、それにキツネや、ノネズミ、リスやトカゲまで、さまざまな動物があつまってきて、ネムとジドをとりかこんだ。

あとをついてきた父さんと母さんは、木のかげでそれをみて、目をうたがった。

たしかに、これまでも、ネムがそばにいくと、それまでさわいでいたニワトリもヤギも、よその牛や馬まで、おとなしくなるのは知っていた。だけど、こんなふうに、動物たちが息子のまわりにあつまって、じっとしているのをみたのは、はじめてだ。

「あの子は、動物の心がわかるのかもしれないね」

母さんが小声でいうと、父さんはうなずいた。

「まるで聖者さまの絵のようだ。あの子には、なにかふしぎな力があるのかもしれない」

動物たちはしばらくそばにいたが、ネムがうたいおわると、それぞれもとの場所にもどりはじめた。

スズメたちが、いつものようにジドをからかって、わざと低く飛ぶと、ジドもスズメたちをおいかけて、空を飛んだ。

父さんと母さんは、ふしぎな世界をみるように、息をのんでみていたが、ネムの楽しそうな笑い声をきくと、われにかえって、そっと家にかえっていった。

そのとき、とつぜんウサギたちがにげだした。旦那がやってきたのだ。旦那は、ジドがスズメをおいかけて、飛んでいるところをみかけた。

――なるほど。ドーブルの話はうそではなかった。あの犬はたいした金になる――

旦那は、長着の裾をひるがえして屋敷にかえると、すぐに父さんと母さんをよんだ。

「あの犬をゆずってくれ。代金はたっぷりはずむ。そうすれば、あの家には、今までどおり住んでいてもかまわないし、借金も帳消しにしよう。息子だって学校にいかせて、なにか仕事を仕込んでやろう。ただし、ゆずらなければ、借金はそのまま、家はでていってもらうことになるが、いいな」

父さんと母さんはいそいで家にかえると、さっそくネムに、ジドを旦那にわたすようにといった。しかし、ネムは首をよこにふった。

「やら、ジド、ごご」

父さんはこまった。

「そんなこと、いわないでおくれよ。旦那のいうとおりにすれば、わしらはこの家にいられるんだから。ジドには、いつだって会えるじゃないか」

だけどネムは首をふり、ジドをしっかりだきしめてはなさない。こんなことは、今まで一度もなかった。

「ジドをわたせば、お金ももらえるし、おまえにおいしいものを、いっぱい食べさせてあげられるんだよ」

母さんがそういっても、やっぱり首をよこにふった。

「やら、いらあい。ジド、ごご」

「お金があれば、学校にいけるのよ」

「アッゴー、いぐ？」

「そうよ、学校にいけば、みんなといっしょにあそべるのよ」

「あおえゆ？」

「そうだよ。まえのように、仲よくあそべるんだよ」

父さんのことばに、ネムは考えこんだ。

「ジド　いっじょ？」

「そうだよ。ジドもいっしょにあそべるんだよ」

ネムが考えているのをみて、両親はすぐにネムとジドを、旦那の屋敷につれていった。

しかし、父さんがジドを旦那にわたそうとすると、ジドはネムにぴったりと体をくっつけ、足をふんばって動こうとしない。むりに引っぱると、歯をむきだして、うなり声をあげ、旦那の手にかみついた。

「ジド、だーべ！」

ネムがさけんでだきしめたが、ジドはその手をふりきってにげだした。

「ジド、ジド！」

ネムがさけんでおいかけた。

だが旦那はいかりくるって、下男たちに命令した。

「つかまえて、ぶちのめせ！」

それから、ふるえている父さんと母さんにむかって、こぶしをふりあげてどなった。

「おまえたちがあまやかすから、こんなことになるんだ。つかまえてこい！」

ふたりはあわてておいかけたが、ジドはどこかに逃げてしまって、いくらよんでも、すがたをみせない。

やがて下男たちがもどってきたが、やっぱりジドのすがたはない。

「途中までおいかけたのですが、とつぜんみえなくなりました」

旦那はおこって、あおざめてもどってきた父さんと母さんをどなりつけた。

「あしたは、かならずつれてこい。もしつれてこないなら、すぐにあの家をあけわたせ。わかったか！」

ネムは、泣きながら原っぱにいった。だけど、ジドはどこにもいない。大声でよんでも、やっぱりこない。

疲れきって草のあいだにすわりこむと、鳥や動物たちが、ひっそりとそばにきた。いつもだと、ネムは歌をうたったり、はなしかけたりするのだけど、今日は、ただ泣きじゃくるだけだ。

「おーぐ、あっごーいああい。ジド、いっじょいゆ」

泣きながらこういったとき、ふいに木の枝がゆれて、ジドがとびおりてきた。

「ジド！」

ネムはジドをだきしめた。ジドは、ネムの顔を、ぺろぺろとなめつづけた。

「ネームー、ジードー！」

林のおくから、父さんと母さんの声がする。

月夜とはいっても、林のなかはまっ暗だ。ふたりは木の根につまずきながら、手探りでようやく原っぱにたどりついた。

月がかがやいて、草は風に波のようにゆれて、光っている。みなれた場所でも、昼間とちがって、草はものすごく深く感じられる。ふたりは草をかきわけながら、息子のいきそうなところをさがしまわった。

そのときふと、草のあいだに、一カ所だけ、暗く、くぼんだところがみえた。

「あれはなんだろう」

ころびながらそばにいくと、深い草の底で、ネムが、ジドをだいて眠っているのがみえた。

これをみた母さんは、泣きだした。

「この子たちをひきはなすなんて、かわいそうで、できやしない。いっそのこと、もうあの家をでて、どこか、よそでくらしましょうよ」

だが、父さんは首をよこにふった。

「そんなことはできないよ。たとえよそにいっても、仕事がみつからなかったら、乞食をしなければならないじゃないか。そうなったら、だれがこの子たちをやしなうのかね」

母さんはうなだれた。

それをみて、父さんは、自分で自分にいいきかせるように、

「わしらのすることは、これからさき、ネムがひとりで生きていけるようにすることじゃないのかね。だから、かわいそうだけど、ジドを旦那にわたすのが、いちばんいいんだよ」と、しぼりだすような声でいった。それから、そっとネムをかかえあげると、母さんにジドをだかせて、家にかえった。

朝になると、旦那の使いがようすをみにきた。母さんはネムとジドを毛布のしたにかくしたが、父さんは、使いがかえると、母さんの手をふりきって、ネムとジドをひきずるようにして、屋敷につれていった。

旦那はネムがはげしく泣きじゃくり、ジドがネムにぴったりと体をつけて、うなり声をあげているのをみると、顔をしかめていった。

「ネム、おまえはその犬をつれて、羊小屋にいけ。しばらくそこで寝泊まりをして、空を飛ぶ訓練をするんだ」

父さんも母さんもおどろいて、旦那の顔をみあげた。

だが、旦那は、きびしい顔でつづけた。

「ただし、一日じゅう犬ばかりみさせているわけにもいかないから、その犬といっしょに羊の番もしろ。そして、わしがよんだら、犬を飛ばせろ。いいな」

父さんはおおよろこびで、ネムとジドをひきずって羊小屋につれていった。

こうして、ネムは、朝早くから、羊飼いといっしょに、羊をおって山にいくことになった。

羊飼いは、ネムがあんまり遅いので、初めのうちこそまっていたが、ついにまちきれずに、ひとりでどんどん山のうえにいった。そのためネムは、ジドといっしょに、林のなかの草っ原にとりのこされた。

ネムは、早く歩いたせいで、疲れきっていたが、それでも、ジドとふたりきりになれたのがうれしくて、ひさしぶりにうたいだした。すると、いつものように鳥や動物たちがあつまってきたが、もうジドを飛ばせようとはしなかった。ジドもまた、じっとネムのそばにすわっているだけだった。

夕方、ネムとジドは、羊飼いといっしょに羊小屋にもどった。そして分けてもらったパンと肉をたべて、ぐっすり眠り、翌朝、また羊をおって山にのぼった。けれども、やっぱり、足がおそいせいで、また林のなかの草っ原におきざりにされた。

こんなことが何日もつづくうちに、ネムもジドも気持ちがおちついてきた。

ネムは、ひさしぶりで、ジドといっしょに石や草のうえをとびはねた。ジドはよろこんで、ネムのピョーンという声にあわせて、高く、高く、木のてっぺんまでもとびあがり、ピョーン、ピョーンという声で空を飛んだ。

それからひと月ほどたったある日のこと、旦那がネムをよんだ。

「もうそろそろなれただろう。羊飼いが、犬が空を飛んでいたといっていたぞ。さあ、飛ばせてみせろ」

そういって、ジドの背中にさわると、ジドは毛をさかだててうなり声をあげ、ネムに体をぴったりとつけた。

これをみた旦那は、おこってムチをふりあげた。

「まったく変わっておらん。もうおまえにはまかせられん。その犬をおいて、でていけ!」

旦那は、下男たちにジドを鎖でつながせ、ネムに荷物をなげつけて、おいださせた。

ネムがよたよたと柵の外にでたとき、ジドのはげしくほえる声がきこえてきた。

「ジドーっ!」

なかにはいろうとすると、下男たちがとんできて、ネムをかかえて、荷物といっしょに放りなげた。

ネムは気を失ってたおれ、かけつけた父さんにだかれて家にかえった。

つぎの日から、ジドは、訓練士の手で仕込まれることになった。

訓練士は、このあたりにはめずらしく、鳥打ち帽をかぶり、しゃれたウールのジャケットとズボン、それに皮の長靴をはいている。彼は、ジドが思いのほか小さいのでおどろいたが、それでも犬は犬だ。みっちりおしえこむことにした。

まず、綱をつけて、いっしょに歩くことからはじめ、マテ、トマレ、スワレをおしえた。ジドはすぐにおぼえていうとおりにしたが、ジャンプだけは、どうしてもしようとしない。訓練士はしかたなく、地面に低い台をおいて、自分でとんでみせたが、そっぽをむいてみようともしない。そこでこんどは低く縄をはって、とびこえさせようとしたが、やっぱりそっぽをむいたままだ。

こんなことを毎日くりかえしているうちに、訓練士はあせってきた。彼がやとわれたのは、この犬に空を飛ばせるためなのだ。この犬が空を飛ぶのをみた人は、旦那のほかにも、何人もいる。そろそろ成果をみせなければならないというのに、まだなんにもできていない。これができないと、せっかく手にいれた、この条件のいい仕事を、失うことになるのだ。

「なあ、いい子だから、とんでおくれよ……」

ジドの目をみて、おがむようにいったが、プイとよこをむいて、きこえないふりをする。

それだけではない。このごろは、ジャンプをさせようとすると、逃げだすのだ。それもチビのくせに、信じられないほど速く。右におえば左に、左におえば右に、まっすぐおえば、ものすごい速さで走りだすといったぐあいだ。

訓練士は、腹をたてた。

――こいつ、ぜったいに飛ばせてやる――

心のなかでこうつぶやくと、こんどは大きな犬をつれてきて、おわせることにした。それは、よく訓練されたどうもうな猟犬だ。

「おえ！」

訓練士のひと声で、犬はジドをおいかけた。ジドは短い足で走りだし、草や石をとびこえて、猛烈なスピードで逃げだした。

「つかまえろ！」

その声で、とびかかって、おさえつけようとした。ところが、どうしたことだろう、ジドのすがたがない。犬はあたりをかぎまわったが、どうしてもみつからない。そのうちに、一本の大きな木のしたでほえだした。みると、葉っぱのかげに、なにやら白いものがみえる。

――鳥ではない。犬だ！　ジド、あいつだ！――

訓練士は、そばにいた旦那の下男に鉄砲をもってこさせると、木の枝めがけてぶっぱなした。それはジドにむけたものではなかったが、その木にいた鳥が、白いのも、黒いのも、茶色いのも、黄色いのも、みんないっせいに飛びたった。みると、なかに一羽、まっ白い、おかしなものがまじっている。

――いた、あいつだ！

訓練士は、犬をけしかけた。しかし犬は、空の鳥にはなんにもできない。腹立ちまぎれに、もう一発ぶっぱなすと、鳥が一羽落ちてきて、それにむかって突進した。

鳥たちは、ジドをまんなかに、かこむようにして飛んでいった。ジドは、鳥たちにおくれながらも、耳を羽のようにふって、空を飛んでいく。疲れて落ちそうになると、大きな鳥たちが耳としっぽをくわえ、ほかの鳥たちがそのしたで網の目のようにならんで、飛んでいく。風が原っぱにむけて吹きつける。

ネムは、林のなかの原っぱで、ぼんやりすわっていた。ジドがいなくなってからは、もう石をとびこえたり、草のうえをはねたりする気力もなくなって、ただぼんやりと空をながめたり、風に草がゆれるのをみているだけだ。

「すっかりやせてしまって。たべるものも、たべなくなってしまった」

母さんが、そういってなげいた。

「そうだねえ。ついこのあいだまで、あんなに元気だったのに、またまえのようになってしまった」

ネムは、父さんと母さんの心配をよそに、その日も草のなかにすわって、よだれをたらしながら、ぼんやりと空をながめていた。このごろは、ここまでくるのがやっとだ。原っぱにきても、もう歌はうたわない。だけど動物たちは、ネムのそばでじっとすわったり、ねそべったりしていた。

そのとき、空のむこうに、鳥の群れがみえた。

群れは、原っぱを小さな雲のようにおおうと、ネムの頭のうえで、じょうごの形になっておりてきて、その先端から、なにか白いものを、そっと落とした。

「ジドら！」

ネムは大声でさけんで、かけだした。

やっぱりジドだ。大きく息をしながら、草のうえによこたわっている。

「ジド、ジド……」

ジドをかかえて、だきしめた。ぐったりして、体をなでても、目をあけようともしない。

ネムはジドをだいて、いつまでもなで、そのうちに眠ってしまった。

夕方、父さんと母さんがさがしにきた。ふとみると、草のなかに、ネムが、ジドをだいて、ねているのがみえた。ふたりとも、死んだように眠っている。

「かわいそうに。かえってきたんだね」

父さんは、だまってネムをだきかかえ、母さんは、ジドをだいて家にかえった。

家にかえると、ネムとジドをいっしょに、ペチカのわきのベッドにねかせた。

「もうこの子たちをひきはなすのは、よしましょう」

母さんのことばに、父さんは深くうなずいた。

「旦那には、いままでの倍はたらくから、この子たちを、いっしょにいさせてくれるように、たのもう」

そういって、ネムの体をそっとなでた。ネムもジドもすっかりやせて、体が小さくなっている。

「なんにもたべないでいたのだもの。さぞ疲れたことだろう。おきたら、ヤギの乳を、たんとのませようね」

母さんはそういって、エプロンで目をぬぐった。

ネムとジドは、次の朝になっても眠りつづけ、よびかけてもおきなかった。

「よっぽど、つらかったんだね」

父さんのことばに、母さんは小さくうなずいた。その日は、ふたりとも畑にはいかないで、ベッドのそばで、ネムとジドのようすをみていた。


しばらくすると、旦那が訓練士をつれてやってきた。

「ジドが、ここにいないかと思ってな」

そういって部屋のなかをみまわすと、ペチカのわきのベッドに、ネムの頭がみえた。

「その子はどうした。病気なのか」

そのことばに、父さんと母さんが、旦那のまえにひざまずいた。

「おねがいです。どうか、この子たちをひきはなさないでください。私どもふたりで、今までの倍はたらきます。ここにいさせていただくだけで、けっこうですから」

訓練士は、ふたりには目もくれずに、ベッドにかけたボロボロの毛布をはがした。ジドが、ネムのうでのなかにいた。

「やっぱり……」

手をのばしてつかもうとすると、母さんがその手にすがりついた。

「おねがいです。もうこれ以上、この子たちを苦しめないで、そっとしておいてください」

訓練士は、母さんに手をつかまれたまま、旦那をふりかえった。

旦那は、ネムとジドを、じっとみつめていた。

ひっそりと、まるでそこだけやわらかな光がさしこんでいるように、かすかなほほえみをうかべて、眠っている。

訓練士が声をかけた。

「この犬はどうしましょう」

しかし、旦那は、訓練士には目もむけないで、ぽつんとつぶやいた。

「お許しください。私がまちがっていました……」

それから、父さんと母さんにむかって、深くふかくおじぎをすると、訓練士のせなかをおして、そっと部屋をでていった。


ネムとジドはこんこんと眠りつづけ、それっきり目をさますことはなかった。

ふたりは、いっしょに、空の遠くに飛んでいった、そう人々は、いったそうな。

つのを折った鬼

ある朝、目をさますと、頭がやけに軽い。風がすうすうと頭の上を吹いていくようだ。今日はきっとすばらしい天気だぞ。赤べえは、ま新しいトラの皮のパンツのひもをきりっとむすぶと、元気よくほら穴をとびだした。

思ったとおりの青空だ。赤べえは、うきうきと、島の守り神である大鬼神社にやってくると、大きな、それこそ岩ほどもある鈴を、ガラガラと鳴らして、手をあわせた。

「今日も、うまい獲物が、たっぷりとれますように」

祈りおえると、入り口のそばに積んである、太い薪を一本とって、灯明の火にくべた。いいつたえによれば、この火は、むかし、この神社の大杉にカミナリが落ちたときからのものだというが、今では、大きなけものや、人間の肉が手にはいったときに使う焚き火の火種として、大切に守られている。

その大きな灯明にあたりながら、赤べえは、大鬼さまのまっ黒なお姿をみあげた。それは、太くて、たくましい両足をひろげて、黒い、りっぱな金棒を手に、雲つくようなお姿で、ニョッキリと立っている。

なんでも、むかしは、鬼という鬼は、みんなこれくらい大きくて、雲も呼べれば、空も飛べ、日本国はおろか、唐、天竺までも荒らしまわるほど強かったのだが、それが、あのにっくき雷光めに、片腕を切り落とされてからというもの、どいつもこいつも、めっきり弱くなって、神通力もなくなれば、体もぐんと小さくなり、ついには、このちっぽけな鬼ヶ島に閉じこもるようになってしまったのだ。

それでもまだ、並みの人間どもにくらべれば、すこしは体も大きく、力も強い。それになにより、鬼というものは、ものすごく強くて恐ろしいものだと、人間どもは思いこんでいる。

――どおれ、今日は、久しぶりに、人間どもを襲うとしようか――

赤べえは、うきうきと、磯にむかって歩きだした。海はあくまでも青く、波がゆったりと岩にあたっては砕けている。

見晴らしのいい岩にのぼると、われ鐘のような大声で呼ばわった。

「おおい、青べえやーい！　黒べえやーい！　どんべえやーい！」

すると岩山のあちこちから、青鬼だの、黒鬼だの、まだらの鬼だのが、眠そうに目をこすりながら、ほら穴からはいだしてきた。

「だれだい、朝っぱらからそうぞうしい」

「おいら、おいらだよ。赤鬼の赤べえだよ。どうだい、いっしょに海をわたって、人間どもを襲おうじゃないか」

けれども鬼どもは、なんにもいわずに、赤べえの顔をじろじろとみるばかりだ。

「どうしたんだい。おいらのいうことが、きこえないのかい！」

じりじりして、足をどんどん踏みならした。

「赤べえだと？」

鬼どもは、たがいに目くばせをした。

「おお、そうとも。人間どもを襲って、食おうといってるんだ」

すると、思いもよらない答えがかえってきた。

「バカも、やすみやすみいえ。どこに、つののない鬼がいる。おまえは赤べえじゃない。人間だ。自分の頭をよくみるがいい」

赤べえはびっくりした。

「なんだって？　おいらが人間だって？　つののある人間がいたら、お目にかかりたいものだね！」

そういいながら、頭に手をやると、思わず声をあげてとびあがった。ゆうべまでたしかにあった、あのりっぱな自慢のつのが、根もとからすっぱり切り取られたように、なくなっているのだ。

「こんなバカな！　だれかが、ねているあいだに切りとったにちがいない。だけどよう、おいらは、ほんとうに赤べえだよ。ほら、顔をみればわかるだろ。な、信じてくれ、信じてくれよ、なあ」

しかし、鬼どもは、にやにや笑いながらつめよってくる。

「どうしたんだい。みんな、おいらがわからないのかい。いつも、いっしょにいたじゃないか。こないだだって、いっしょにイノシシをしとめて、食ったじゃないか。なあ、思い出しておくれよう」

泣き声になってかきくどいたが、その言葉がおわらないうちに、ドラがジャンジャン鳴りひびいて、島じゅうの鬼という鬼がとびだしてきた。

まっさきにかけつけたのは、いとこの青ノ助だ。赤べえがよろこんでかけよると、青ノ助は、にやりと笑って、小気味よさそうにこういった。

「おお、ここにいたのか、雷光の手下めが。今日という今日は、先祖の恨みをはらしてくれるわ。さあ、みんな、こいつをつかまえて、塩をふりかけて、朝めしにしようぜ！」

たちまち石や岩が、アラレのようにふりそそいできた。赤べえは頭をかかえて逃げまわったが、とうとう島のはずれの断崖に追いつめられた。

「下は海だ。取りおさえろ！」

青ノ助がわめくと同時に、巨大な石矢が、喉もとめがけてとんできた。首をすくめてやりすごすと、こんどは金棒が、ギューンと鈍いうなり声をあげてとんでくる。

「たすけてくれえ！」

とびあがったとたん、足もとがくるって、そのままはるか下の海に落ちていった。


どのくらい時がたったのだろう。気がつくと、まっ白な砂浜にたおれていた。どこからか、ゴーッ、ゴーッという、奈落の底からわきあがるような音がきこえてくる。よくよくきくと、どうやら自分の腹のなかからのようだ。

――ああ、腹がへったなあ。どこかに食いものがないかなあ――

よれよれになった体をやっとの思いでおこすと、ずきずきと痛む首をまわして、あたりをみた。あたりには、死んだイルカ一匹、落ちていない。赤べえは腹をかかえて、ぼんやりと海をみつめた。

すると砂のむこうから、ふいに人間の影がうかびあがった。網をもっているところをみると、漁師のようだ。人影は、こっちにむかってやってくる。赤べえは片膝を立てて、海をみているふりをしながら、まちかまえた。

漁師はそばにくると、のんびりした声で、

「みかけないお方だが、こんな所でなにをしていなさるのかね。なにか、めずらしいものでもみえるのかな」

そういいながら、顔をのぞきこんだ。すると赤べえはいきなり立ちあがって、漁師の首を力いっぱいしめつけた。

「おまえを食おうと思って、まっていたんだ」

しかし、力いっぱいしめつけた、と思ったのは、赤べえだけだった。飢えと疲れで、力はほとんど尽きていたのだ。漁師は、いともかんたんに赤べえをほうり投げると、その体に馬乗りになって、所かまわずなぐりつけた。

「おれをとって食うだと？　ふざけるない。この鬼のなりそこないめ！」

そのうちに、仲間の漁師たちもあつまってきた。

「こんな鬼は、ひと思いに殺してやるほうが、身のためだぜ！」

その言葉とともに、腹を激しくけられて、赤べえはまた闇のなかにしずんでいった。

そのとき、もうろうとした意識のなかで、おだやかな声がきこえてきた。

「やめなされ。この男のどこが、鬼だというのかね。つのなぞ、どこにもないではないか。

してみれば、人間じゃ。鬼だの、鬼のなりそこないだのといって、人をあやめたら、なんとする」

「だども、きもいりさま……」

――おにのなりそこない……ちがう、おいらは鬼だ……れっきとした鬼だ……鬼だ……おに……

それっきり、なんにもわからなくなった。


波の音に目をさましたとき、朝日はすでに浜いっぱいにさしこんでいた。

体じゅうが痛み、力がすっかりなくなっていた。赤べえは日に照らされたまま、じっとよこたわっていた。

そのうちに、小さなカニが一匹、顔のすぐまえにやってきた。思わず口をあけると、カニはなかにはいってきた。つづいて一匹、また一匹……なんにも知らないカニたちは、ぞろぞろとなかにはいってくる。口を閉じてかむと、バリバリという小さな音とともに、甘い汁が、口のなかいっぱいにひろがった。思えばきのうから、いや、そのまえの晩から、なんにも食べていなかった……ああ、腹がへった……なんでもいいから、口にいれたい……

赤べえは、ボロのようにたよりなくなった体をひきずって、水辺にいった。そしてあたりに落ちている海藻をひろうと、手あたりしだいに口にいれた。こんなクズみたいなものは、これまで食べたことがなかった。

どうにか腹がふくれると、また痛む体を、近くの松林のなかにひきずっていった。

林のなかでは、風が音をたてて吹いていた。

赤べえは、大きなうろのある松の木の下に腰をおろして、海をみつめながら、ハラハラと涙をながした。

――おいらは、どうして、こんなに運がわるいのだろう。仲間にはおいだされ、人間どもには半殺しの目にあわされる……それにしても、おいらのつのは、いったい、どこにいってしまったんだろう――

涙でくもった目をあげて、空をみると、目のまえの松の葉が、宝石のようにキラキラひかってみえる。しゃくりあげながら、しばらくそれをみていたが、ふいにその葉をむしりとって、両手でゴシゴシもみはじめた。

「そうとも、露にぬれた松の葉は、つの生えの特効薬だと、ばあちゃんがいっていたっけ……ひょっとしたら、ほんとうに、つのが生えてくるかもしれない……どうか、生えてきますように……つのはえ、つのはえ、つの、生えよ……」

そうつぶやきながら、また松の葉をむしりとっては熱心にもみ、でてきた青い汁を、つののあったあたりに、べたべたとぬりつけた。

長かった一日がくれると、松の木のうろをはいだしてきて、浜におりた。だれもいないのをたしかめてから、打ちあげられた海藻や、トンビの落とした魚をひろってガツガツと食い、どうにか腹がふくれると、また夜露にぬれた松葉をもんで、頭に汁をなすりつけた。それから、また、うろのなかで眠って、つぎの日の夜には、浜で食べものをあさり、また松葉をもんで頭にぬった。

こんなふうにして、つぎの日も、そのつぎの日もすぎた。けれども、つのは、いっこうに生えてこなかった。赤べえはうろのなかで膝をかかえて、鬼ヶ島での日々を思った。

——ああ、つのさえあれば、こんなみじめな暮らしはしないのに……つのが生えたら、きっとまた島にかえって、仲間といっしょに人間どもを襲って、おもしろおかしく暮らしてみせるんだが……まったく人間ときたひにゃ、つのをみただけで、ふるえあがって逃げだすんだから。逃げそびれりゃ、さんざおいらたちのために働いて、そのあげく、うまい刺身や塩づけになってくれるじゃないか。まったく、たまらないぜ……

つばをのみこみながら、うっとりと思いだしていた。

——じっさい、人間どもの金と宝があれば、なんだって思いのままだ。ぜいをこらしたトラの皮のパンツ、いや、それよりも、ピシッとしたトラの皮のシャツ、それに女や子どものよろこぶ、花もようのつの飾り、ぬいぐるみのシシやトラ、そんなものがいくらでも、好きなだけ手にいれられる…… ああ、つのが、つのが、生えてくれたらなあ——

しかし、つのは、やっぱり生えてこなかった。赤べえはすっかり元気がなくなって、夜も昼も、うつろなまなざしで、松の木の根方をみてばかりいるようになった。

そんなある日、いつものように、ぼんやり松の木の根方をみていると、一匹のアリがもがいているのが目にはいった。松ヤニに足をとられたらしい。アリは足をバタバタさせて抜けだそうとしていたが、しだいに動きがにぶくなり、ついに動かなくなってしまった。

赤べえはじっとそれをながめていたが、なにを思ったか、急に立ちあがると、松の枝を二本折って、とがった石で削りだした。

それから林のなかを歩きまわって、松ヤニをいっぱいあつめてくると、それを口にほうりこみ、ニチャニチャとかみだした。

ヤニが口のなかでとけてネバネバしてくると、それを頭の、つのがあったあたりに、まんべんなくぬって、その上に、あの二本の枝をしっかりと押さえつけてのせた。それから頭をなんどもふって、枝が落ちてこないのをたしかめると、トラの皮のパンツのゴミを勢いよくはらって、林をでていった。

浜では、村人たちがおおぜいあつまって、網をひいていた。網のなかで、魚がはねている。

赤べえは大股で近づくなり、低い声でいった。

「いい魚じゃないか。おれにもわけてくれ」

「ヒャーッ、鬼だ、鬼がでたーっ！」

人々は、クモの子を散らすように逃げていった。

赤べえは網に手をつっこんで、思うぞんぶん魚を食った。ようやく腹がふくれると、網をびりびりに引き裂いて、魚はそのまま地面にほったらかしておいた。

しばらく歩いていくと、舟をだそうとしていた漁師がいた。その船に近づくと、両腕を高くあげて、われ鐘のような声でどなった。

「やいっ、その舟、よこせ！　さもないと、命はないぞ！」

ふりむいた漁師は、大きなつのをはやした鬼が、今にもつかみかかりそうな姿で、目のまえに立っているのをみて、ふるえあがった。

「ど、どうか、命だけはお助けを……」

やっとこれだけいうと、あわてて逃げだした。

赤べえは舟に乗り込んで、勢いよく櫓をこぎだした。


さて、鬼ヶ島では、当番の青鬼が、小手をかざして沖をみはっていた。そのとき、一艘の舟が、飛ぶように島にむかってくるのがみえた。この島に人間の舟がやってくることなぞ、いまだかつてなかった。おどろいてみていると、ひとりの男が櫓をこいでいて、その頭には、つのが生えているようだ。

青鬼はしばらくじっとみていたが、とつぜん大声でさけんだ。

「赤べえだ！　赤べえが、もどってきたぞ！」

ドラの音がひびいて、鬼どもが船着き場にあつまってきた。

赤べえは、大きなつのをふりたてながら、肩をそびやかしておりてきた。

鬼どもは、赤べえのつのが、以前よりも太く、りっぱになっているのをみて、うらやましくてたまらなくなった。

「しばらくみないうちに、つのが、えらくりっぱになったなあ。いったいどこで、どんなものを食って、そんなになったんだ」

「おまえさんの留守のあいだに、おかしな人間がきてよ、おいらは赤べえだなんていうもんだから、みんなで追いだしてやったぜ。てっきり、おまえを食い殺したと思ってな。どうだい、仲間というものは、ありがたいもんじゃないか。それにしても、どこにいっていたのさ」

やつぎばやの問いかけに、赤べえは、つまらなそうにこたえた。

「なに、ちょっと人間世界で息抜きをしてきたのさ」


さっそく祝いの酒盛りがはじまった。鬼どもは燃えさかる焚き火をかこんで、飲めやうたえの大騒ぎだ。

赤べえも、うかれておどりだした。

〝ハア、人間世界じゃヨ、
鬼は　とのさまヨ
わしがつのみりゃヨ、
天子さまでも　にげまどうヨ〟

〝ハア　人間世界じゃヨ
つのは　とのさまヨ
つのを　みせればヨ
金も宝も　とんでくる〟

「ワーハッハッハ　まったくだ！」
「ワーハッハッハ　こりゃゆかいだ！」

鬼どもは手をたたきながら、カミナリのような声で笑った。するとその声にさそわれるように、まっ黒な雲が空の片すみにあらわれて、たちまち空をおおいつくし、大粒の雨がたたきつけるように降ってきた。

赤べえはあわてて仲間たちといっしょに、近くのほら穴に逃げこんだ。雨は激しく降りつづき、勢いよく燃えていた焚き火もきえて、ぐしょぬれの頭が芯まで冷える。
「ううーっ、寒い。ちくしょう、せっかくの祝いだというのに」
歯をガチガチいわせながら、頭をぶるっとふった。

　すると、パリンという音がして、頭がすーっと軽くなった。おどろいて頭に手をやると、またパリンという音がして、つのが手のなかにころげ落ちてきた。

　鬼どもは、そのようすをふしぎそうにみていたが、とつぜん、どんべえがわめいた。

「ややっ、こいつは赤べえじゃないぞ。あのときの人間だ！　赤べえを殺した下手人だ！」

「そうだ、雷光の一味だ！　やい、赤べえをどこにやった！」

　黒べえも立ちあがった。

「ち、ちがう、おいらは、ほんとうに赤べえだってば。つのがなくても、ほんものの赤べえだってば」

　ふるえながら叫んだが、だれひとりきく耳をもたない。それどころか、あんなに仲のよかった青ノ助まで金棒をふりあげて、こう呼ばわったのだ。

「みんな、赤べえの仇、雷光の手下を討ちとって、血祭りにあげようではないか！」

「おお！」

「おお！」

「おお！」

　鬼どもはいっせいに立ちあがった。赤べえは、ほら穴の外にとびだした。

「にがすな！　明日の朝めしだ！」

赤べえは逃げた。切りたった岩をとびはねながら、すさまじい勢いで逃げた。が、ついに断崖絶壁においつめられた。

――つのがないというだけで、いとこや仲間たちまで、おいらを殺して食おうというのか――

言いようのない悲しみが、胸の奥ふかくわきあがってきた。

赤べえは静かに身をひるがえすと、はるか下の海にむかって、まっさかさまに飛びおりた。

どれくらい時がたったのだろう。赤べえはまた、みおぼえのある砂浜によこたわっていた。

――死ななかったのか――

がっかりした。いっそあのとき、ひと思いに死んでいたら、どんなによかっただろう。悲しみと疲れで、じっとよこたわっていると、カモメたちがあつまってきて、体をつつきだした。

「えさじゃないぞ。あっちへいけ！」

声にならない声をあげて、両手をふりまわすと、鳥たちはおどろいて舞いあがった。

体じゅうが火のように熱く、太い針でつつかれているように痛む。日はもう暮れかかっていた。赤べえは、石のように重い体をひきずって、また松林にもどっていった。

つぎに目をさましたときには、日は高くのぼっていた。体はあいかわらず痛んだが、もう熱くはなかった。すると腹の虫が、はげしく鳴きだした。赤べえは、ひどく悲しかった。——ああ、生きるということは、なんてつらいことだろう。だが、もう死ぬわけにはいかない。鬼が自分で命を絶ったら、きっと地獄に落ちて、地獄の鬼たちに未来永劫に責めさいなまれるだろう……ああ、いやだ。もうだれかを苦しめたり、苦しめられたりするのは、たくさんだ。それぐらいなら、いっそ、ここで、このままで、生きているほうがましだ——

涙があふれてきて、手で顔をおおった。それでも腹は、グーグーと鳴っていた。

——だけどなあ、腹の虫がこんなにさわぐんじゃ、うるさくて、よこになることも、死ぬことも、できやしない。しかたがない、起きて食いものをさがしにいくか。いいか、赤べえ、いち、に、の、さん、で起きるんだぞ。いいな、それ、いち、に、の、さん——

自分で自分をふるいたたせて、どうにか起きあがったが、そのとたん、いっそう悲しくなった。またこのあいだのように、鳥が落とした魚だのワカメだのをひろって食べて、つぎの晩まで、木のうろでじっとねているのかと思うと、情けなくなってたまらなくなったのだ。

――もうあんなみじめな暮らしは、まっぴらだ。それぐらいなら、いっそ人間から食いものを奪うほうがましだ。それにしても、この体じゃ、こんどこそ人間になぶり殺されてしまう……

しょんぼりと、頭をかかえて考えこんでいたが、とつぜん顔をあげて叫んだ。

「なんだ、かんたんじゃないか！　またつのをつけて脅せばいいんだ！　そうすれば、なんでも思いどおりになる！　それになにより、大手をふって島にかえれるじゃないか」

うれしくて大声で笑いだしたが、その声はすぐにきえてしまった。

――やっぱりダメだ。ここに鬼がいるという噂がたてば、仲間たちが、雷光の一味がいるといって、退治にくるにきまっている。だって、鬼がいるのは、あの島だけだもの――

声をあげて泣きだすと、松の木は、その声をかき消すように、ざわざわと音をたててゆれた。

〝エーンヤ、ソーレーッ、
浜は大漁だーよっ！〟

風にのって、歌声がきこえてくる。
思わず耳をかたむけた。

〝エーンヤ、ソーレーッ
おらが村さの名物は
タイにヒラメにブリにイカ
ピチピチはねる　あねさんだ
あねさ　活きよく　きりょうよし
さかな　活きよく　味じまん
エーンヤ　ソーレーッ
浜は　大漁だーよっ！〟

歌声はたかまっていく。
赤べえはうずくまったまま、耳をかたむけていたが、やがてむっくり起きあがって、浜にむかって歩きだした。

浜では、きもいりのじいさまの音頭で、おとなも子どもも総出で、網をひいていた。どこできいたかは思いだせないが、その声にはおぼえがあった。胸の奥の、固いしこりがほぐれていくような、あたたかい声だ。赤べえは、浜に干した舟のかげにかくれてきいていたが、そのうちに胸のなかで氷がとけていくような、くすぐったいような、おかしな気持ちになってきた。こんな気持ちは生まれてはじめてだ。

――あのじいさまなら、おいらの気持ちをわかってくれるかもしれない――

思いきって舟のかげから立ちあがると、人々のそばに近づいていった。

「あの、すまんがな、おいらにもその網をひかせてくれんかの……」

おずおずとこういうと、人々はぎょっとして、網をにぎった手をゆるめた。むりもない、毛むくじゃらの、まっかな体と顔の大男が、牙をむきだし、汚れたトラの皮のパンツに、傷だらけの姿で立っているのだもの。

「キャーッ、鬼だ！　助けてくれーっ！」

子どもたちは悲鳴をあげて逃げだした。おとなだって、腰をぬかして動けない者もいたが、やっぱり漁師だ。しっかりと赤べえをみつめて、とりかこんだ。

「おお、おまえはこのあいだの赤鬼じゃないか。つのはどうした。今日はなにを盗みにきた」


そういいながら、砂のうえにつきとばした。

「こんどというこんどは、かんべんならねえ。やい、おれたちの舟と網をかえせ。かえさねえと、ただではおかねえ」

男たちは、赤べえの体をけったり、なぐったりした。

「ゆるしてくれーっ！　お、おいらは悪さをしにきたんじゃない！　いっしょに網をひいて、一匹でも二匹でも、魚をわけてもらいたかっただけだ」

しかし男たちは手をゆるめず、ついに赤べえは気を失った。

そのときおぼろげな意識のなかで、かすかに声がきこえた。

「いいかげんにやめなされ……たとえ鬼であっても……」

――ああ、あのじいさまだ……じいさま、助けてくれ――

それっきり、なんにもわからなくなった。


きもいりのじいさまの強い声に、男たちはなぐるのをやめて立ちつくした。

「だども、きもいりさま、こいつはさんざ悪さをしたではねえか」

若い漁師が不満そうにいうと、きもいりさまは、さとすようにいった。

「この男の、どこが鬼だというのかな。よくみれ。つのなぞ生えておらんだろが。な、網を引き裂き、舟を盗んだのは、つののある、ほんものの鬼だ。鬼だの、赤鬼だのといって、罪もない人間をあやめれば、わしらのほうこそ鬼になって、地獄に落ちることになるで。そったらつまらないことをするよりは、海の神様の恵みを大切にするほうがいいではないか。さあ、網をひいた、ひいた！」

男たちは、ぶつぶついいながらも、また網をひきだした。すると子どもや女たちももどってきて、いっしょにひきはじめた。

〝エーンヤ　ソーレーッ、
浜は　大漁だーよ〟

きもいりさまは、赤べえが息を吹き返したのをみると、そっと網のはじにくわえた。赤べえは小さくなって、それでも、ずきずき痛む体に力をこめて、網をひいた。

網があがった。歌のとおりの大漁だ。きもいりさまは村人たちに気前よく魚をわけ、赤べえにも両手にもてるだけの魚をわけた。

赤べえは、さっそくその魚を松林にもっていくと、うろのある木のしたでガツガツと食った。体じゅうがはれあがってひどく痛んだが、その日は、ふしぎに満たされた思いがした。

つぎの日も、地引き網のてつだいにいった。

それからというもの、網をひくときは、かならずてつだいにでた。漁がふるわなくて、分け前の少ない日でも、なんにもいわないで、てつだった。

村人たちは、そんな赤べえに少しずつなれていって、そのうちに屋根の石運びや、山から木を切りだすときなど、ときどき仕事をたのむようになった。それでもまだ、つきでた大きな牙や、毛むくじゃらのまっ赤な体をきみわるがって、仕事をたのむときと、お礼の食べものをわたすとき以外は、けっして口をきかなかった。

ただ、きもいりのじいさまだけは、いつも赤べえに笑いかけて、「おはようさん」だの、「まんま食ったすか」だのと、あたたかな声でたずねていた。けれども、赤べえはそんな言葉になれていないので、どうこたえていいかわからずに、口を固くむすんだまま、だまっていた。そのため、じいさまはそれ以上話すのはやめて、どこかにいってしまうのだが、赤べえには、それがさびしくてならなかった。

一方、子どもたちは、姿をみただけで、まるで疫病神にでも会ったように、逃げだした。赤べえは、はじめのうちは気にならなかったが、そのうちにだんだん腹がたってきた。

——せっかくこっちが仲良くしようとしているのに、ガキのくせに、知らんぷりをしやがる。おまけに、おいらをみただけで、逃げやがる。そんなにおいらが憎いのか。おいらはいつまでたっても、のけ者なのか。それならいっそ、あいつらをひとりのこらずさらって、島につれてかえってやれ……

そう考えてから首をふった。

――いやいや、ひとりじゃ、むりだ。だいいち、もう島にはかえれない。ああ、おいらはなんて運がわるいんだろう……おいらだって、みんなといっしょに、食ったり、あそんだりしたいんだ……ああ、青べえやーい、黒べえやーい、どんべえやーい、もう島にかえりたいよう……

赤べえは、あんなにひどい目にあったのも忘れて、島にかえることばかり考えていた。そしてくる日もくる日も、むだとは知りながら、松葉の汁を頭にぬった。

そんなある日、いつものように松葉の汁をぬっていると、ふいに耳もとで声がした。

「おじちゃん、なにしてるの」

おどろいて顔をあげると、七、八才ぐらいの女の子が、大きな目でみつめている。

「いや、なに、ちょっと髪のていれをしていたのさ。ほら、身だしなみってやつだよ……ところで、じょうちゃんは、だれだい？」

「おらは、みつだよ。おじちゃんは鬼だろ」

「いや、なに、鬼じゃないよ」

うろたえてそういうと、みつはふしぎそうに、

「したば、きもいりさまのいうとおりだ。だども、おらのおどうもおかあも、みんな、おじちゃんのこと、鬼だといってるよ。ほら、顔も体もまっ赤だし、それに頭に、ふたつ、つののあとがあるからって」

「お、鬼なもんか。これは、ずっとまえに、ころんでできたタンコブのあとだよ。そのあと毛が生えなくなったので、こうやって松葉の汁をぬっているのさ。ほら、松葉の汁をぬると、つの、いや、毛がよく生えるっていうだろ」

「ふーん、それじゃ、顔や体がまっ赤なのは？」

「そ、それは、赤いカニばっかり食っていたせいだよ。だから、赤べえって、いうんだよ」

「あ、か、べ、え？　ほんとだ。まっかっかの赤べえだ。おじちゃんは、まっ赤なカニを、からごとたべたのけ？」

「うん、からごとだ」

「かたくないかい？」

「なあに、ほら、このキ、いや、歯をみてごらん。な、強そうだろ。なんだって、バリバ

リかめるんだぞ」

「骨も？」

「うん、骨だって、すじだって、イノシシの肉だって」

「イノシシの肉も！　すごいなあ」

みつは感心したように、しゃがんで赤べえの牙をみつめた。赤べえは、思わずつばをのみこんだ。なんてやわらかそうな体だろう。今なら、だれにも知られないで、殺して食えるぞ。ずいぶん長いあいだ、まともな肉を食わなかったからなあ――

赤べえはみつの肩に手をおいて、体をひきよせた。すると、みつが、ニッコリ笑っていった。

「んだ。やっぱり、おじちゃんは、きもいりさまのいうとおり、人間だな。おらもそう思っていたども、あんまりみんなが、そばにいくな、食われるぞっていうから、がまんしていたんだ。だども、やっぱり人間だった。いかったなあ。これから、いっしょにあそぶべし、な」

そういって、安心しきって赤べえの手をにぎったので、赤べえはおどろいて、みつの目をみつめた。

「おまえ、おいらがこわくないのかい」

みつは首をふった。

「ううん、なんも」

そのとき、少し離れた松の木のかげから、小さな子どもの声がした。

「ねえちゃん、あぶないよ、かえってこい」

みつが大声でこたえた。

「りょう、おっかなくないよ。赤べえは人間だよ。赤いカニいっぱい食ったから、赤いのだと。いっしょにあそんでくれると」

すると木のかげから、青いかすりの着物をきた小さな男の子が、そうっと顔をのぞかせた。

——すごい、うまそうな子どもが二匹も——

赤べえは、またつばをのみこんだ。

「な、おじちゃんは鬼じゃなくって、人間だよな」

みつの言葉に、うろたえて上をむいた。

「う、うん、鬼じゃない…」

そのとき、一匹のアブが飛んできて、鼻のてっぺんにとまった。赤べえはくすぐったくなって、思わず大きなくしゃみをした。

ハ、ハ、ハークション！

その音があんまり大きいので、アブはびっくりして飛んでいった。みつもりょうも大笑いだ。そのとたんに、あちこちの木のかげから、はじけるように子どもたちがとびだしてきた。

ハハハハハハ

ハーハッハッハ、ハー

赤べえも笑いだした。

ワアー、ハッハッハッハ、ハー！

笑いながら涙をながした。どうしてだかわからないけど、胸の奥が、なにか羽のようなものでなでられているように、くすぐったいような、あったかいような、なんともおかしな感じがして、自然に涙がわいてきたのだ。

——よかったなあ。この子たちを食わなくて——

しみじみとそう思うと、もっと胸のなかが熱くなってきて、涙がぽろぽろとこぼれてきた。こんなかっこ悪いところを、ひとにみられてたまるものか。

赤べえは大きく体をゆすると、腹の底から大声で笑った。

ワー、ハッハー、ハッハッハーハー！

子どもたちも大声で笑った。

アー、ハッハー、ハッハッハッハー

その日から、赤べえと子どもたちの奇妙なつきあいがはじまった。

赤べえが生で食べているのをみて、子どもたちは、火のおこしかたや、魚やイモをやいて食べることをおしえた。

なにしろ、鬼ヶ島では、大鬼神社の火種をもらってくるだけなので、火のおこしかたなぞ知らなかったし、イモや野菜なぞは、鬼の食べものではないと思っていたからだ。肉も魚もふだんは生で食べるが、イノシシや、イルカといった大きな獲物は、海水につけて、それから火であぶって保存していたので、食べるときに火をとおすなんて、思いもよらなかった。

そんな赤べえに、みつたちはイモの植えかたや、食べられる草の見分けかたを、熱心におしえた。

赤べえは、そんなものはべつに食べたくもなかったが、それでも、いっしょに土を耕したり、草をとったりしているうちに、子どもたちが好きになってきた。

いっしょにいると、胸のなかが、ほっくりとあたたかくなって、体がゆっくり休まるような気がするのだ。だから、せがまれれば、いつでもいっしょにセミや虫をとったり、木にのぼったり、泳いだりした。

子どもたちも、赤べえが大好きだった。

なにしろ、泳ぐのも走るのも、村じゅうのだれよりも速いし、それに、おとなの頭ほどもある石を、遠くまで投げとばせるのだもの。だから赤べえがくると、肩車をせがんだり、腕にぶらさがったりしたがって、ケンカになった。すると赤べえは笑いながら、太い声で、「じゅんばん、じゅんばん」といって、ふたりいっぺんに肩にのせたり、四人も腕につかまらせて、ずいずいとふりまわしたりした。

だけど、これは、おとなたちには絶対にないしょだった。まんいち知られたりしたら、きっと、だれも外にだしてくれなくなるにきまっているからだ。だから、赤べえと遊ぶのは、おとなにみられる心配のない、山のなかか、磯か浜にきまっていた。

ただ、きもいりさまだけは、知っていた。孫のりょうが膝にのって、こんなことをいったからだ。

「じいちゃん、赤べえは、赤いカニ食ったから、赤いんだと。おらも、赤いカニ食ったら、赤べえみたいにまっ赤になって、岩も飛ばせるようになるかなあ」

すると、きもいりさまは、

「赤いカニ食ったから、赤くなったてか。こりゃいいな」

そういって、あそんでいいとも、悪いともいわないで、ただ大声で笑ったんだって。そしてやっぱり、村のおとなたちには、なんにもいわなかったって。

そんなある日、浜に大きな丸太が流れついた。

赤べえは、ふと思いついて、それにまたがると、手のひらを櫂《かい》のようにひろげて、ぐいとこぎだした。丸太は、舟のように、勢いよく進みだした。

「おらにも、やらせてけれ！」

りょうや子どもたちが追いかけてきたが、知らん顔でこぎつづけた。

「赤べえ、まってたんせ！」子どもたちが泳いで追いかけてきても、ぐいぐいと丸太を進めた。自分でもよくわからないが、ひとりになりたかったのだ。

丸太はときどきグラリと傾きながら、勢いよく水の上を走る。そう、鬼ヶ島にいたころは、夜になると、こうやって人間どもの船に近づいては襲ったものだ。

あのときの人間どものあわてぶりときたら。青べえも、黒べえも、青ノ助も、腹をかかえて笑ったっけ。あんな愉快なことは、そうそうあるものじゃない。

赤べえは、あれだけひどい仕打ちを受けたのも忘れて、島での暮らしを思いうかべた。

丸太がグラリとゆれるたびに、あわてて足で向きをかえて、また手のひらでぐいとこいだ。ザブン、ザブンと水の音がして、大鬼神社の灯明の火が浮かびあがる。

神社のいわれをはなす年より鬼の顔も、神社の大太鼓と焚き火の火も、酒盛りの歌とおどりも、つぎつぎと浮かんではきえる。

――なつかしいなあ。みんな、今どうしているのだろう――

こぐ手をとめて、深くため息をついた。

――あれは、みんな夢だ。もう二度とみられないんだ――

自分で自分にいいきかせて、遠くの空をみつめた。

「あ、か、べ、え……」

風にのって、声がかすかにきこえる。おいらなんかに、用のある者がいるんだろうか――

「あ、か、べ、えっ！」

そうだ。子どもたちだ。赤べえは、夢からさめたようにふりむいた。りょうとみつが、ほかの子どもたちといっしょに、浜で手をふっている。

「おお！」

大声でこたえると、両足で勢いよく向きをかえて、浜にむかってこぎだした。


その晩、赤べえは、なかなか眠れなかった。仲間といっしょに丸木舟で人間どもを襲ったときの、ぞくぞくするような楽しさが、思いだされてならないのだ。

――おいらはやっぱり鬼だ。ああ、つのがほしい。島にかえりたい――


あくる朝は、久しぶりに、また松葉の汁を頭にぬった。むだなのはわかっていたが、それでも、ひょっとしたら、と思うと、ぬらずにはいられなかった。

いつものように村で仕事をしても、子どもたちとあそんでいても、島を思う気持ちは、きえるどころか、ますます強くなる。

赤べえはだんだん浜にもでなくなって、松の木のうろのなかで、ぼんやりと島のことばかり考えるようになった。子どもたちがきても、そっぽをむいて返事もしない。だから、子どもたちはだんだんこなくなって、そのうちに、まったくこなくなった。

赤べえは、今日も松の木の下で、大きな膝に顔をうずめて、ぼんやりと島を思っていた。風が吹いて木がゆれると、大鬼神社の松の大木が思いだされ、さびしくて涙がこぼれる。

そのとき、耳もとで小さな声がした。

「赤べえ、なんとした？　病気か」

顔をあげると、みつとりょうが、心配そうにみつめている。

「浜にもこないし、だれともあそばないから、あんばいでも悪いのかと思って、食べものをもってきたの。ほら、魚だよ。ずっぱりたべて、元気になってけれ」

ふたりは、かごをさしだした。ぷんと生臭いにおいがする。人間の食いものだ。赤べえは急に腹がたって、かごを放りなげた。

「やめろ！　もう魚なぞみたくもない！　おいらは肉が食いたいんだ！　ほんものの、生の肉だ！」

みつもりょうも、びっくりして青くなった。それをみた赤べえはいっそう腹がたって、そばの松の枝を折って、ぶんぶんとふりまわした。

「そうとも、おいらの食いたいのは、イノシシだの、シカだの、人間の肉だのだ！　こんなしみったれた生活はもうたくさんだ。うまいものをたらふく食って、酒を飲んで、ゆかいに暮らしたいんだ！」

「ねえちゃん、かえろう。赤べえは鬼だよ。おっかないよう」

りょうが、ふるえながら、みつの手をつかんだ。だけどみつは、赤べえをみつめて、かすれた声でいった。

「ちがう、鬼でない。鬼でないっていったよ。なおったら、また、みんなとあそんでくれるんだよ、な」

けれども赤べえは、松の枝をふたりにめがけて投げつけた。

子どもたちは、いちもくさんに逃げだした。

「赤べえ、さいならあ」

みつの声が、悲しそうにひびいた。

赤べえは、急にふたりが、かわいそうになった。

つぎの日、思いきって浜にでると、みつのおっかあが、血相をかえてかけまわっていた。

「おおい、みつよー！　りょうよー！　とまれえ！　そっちは鬼の口だぞーっ！　もどってこーい！」

おっかあが、両手をふって呼びかけている方をみると、木っぱのような小さな舟が、まっ白にひかる潮の筋にのって、沖合いの黒い岩にむかって進んでいく。

村人たちの話では、そこは大きな洞窟で、潮がすごい速さで流れこみ、時おり大きな渦をつくるそうだ。


舟の上で、みつが潮からぬけだそうと、必死に櫓をこいでいるのがみえる。

「あのな、りょうが丸太であそんでいて、波にさらわれたの。それをみつが助けて舟にのせたら、舟が波に流されてしまったんだ。赤べえ、助けてけれ。ほら、流されていく！　早く助けねえと、死んでしまう！　なあ、早く、助けてけれ！」

子どもたちは、赤べえの手と足にとりすがって、うったえた。

「うん、だけど、舟がないとなあ……」

そのとき、みつのおどうが、大声で呼ばわりながら、舟をだした。

「おおい、みつーっ、りょうーっ、がんばれよーっ！　すぐいくてかなーっ！」

舟は、おどうと仲間の漁師たちをのせて、ぐいぐいみつたちに近づいた。

だが、いま一漕ぎというとき、いきなり向きをかえた。舟の上でおどうがとびこもうとして、仲間たちに止められているのがみえる。

「ああっ、もうだめだ。あれより先はおしまいだ。ああ、みつよーっ！　りょうよーっ！」

おっかあは狂ったように叫びながら、そばにあった舟のとも綱をときはじめた。すると、とつぜん、赤べえがおっかあをつきとばして、その舟を押しだした。

舟は、もうれつな勢いで走りだした。赤べえは渾身の力をこめて、櫓をこぎ、ぐいぐいとみつたちの舟に近づくと、白くひかる潮の流れにのった。

やがて二艘は、ひとすじの速い流れにのって、鬼の口にすいこまれていった。

そのとき、村人たちは、信じられないものをみた。

赤べえが、みつたちの舟にむかって、泳ぎだしたのだ。波がくだけて、赤べえを押しつぶす。その瞬間、みつの舟が岩にあたってくだけ、子どもたちが波の上に放りだされた。

ダ、ダ、ダ、ダ、ダーンッ！
ゴ、ゴ、ゴ、ゴ、ゴーン！

まっ黒な波が狂ったように吠えたて、鉄のような水の幕がかたい波に体を押しつける。

ここはどこだ。

赤べえは、もうろうとした意識のなかで、あたりをみまわした。子どもがふたり、腕の中にいる。どうやってふたりをつかんだのか、自分でも思いだせない。ただ、まっ白に泡だつ波のなかで、ふたりの足だか、腕だかが、体にふれた。それを夢中でつかんだとたん、波に押されて水中に沈み、一回転して浮かびあがると、この黒い水と、轟音のなかにいた。ではこれが鬼の口か。

赤べえは、子どもたちを抱いたまま、あたりをみまわした。遠くにうっすらと光がみえる。それなら、体の左右が洞窟の壁にちがいない。だとすれば、そこには浅瀬か、突きでた岩が、あるはずだ。いずれにしても、この子たちを、少しでも水からださなければ。

赤べえは、りょうとみつを左腕にかかえると、右腕で大きく水をかいた。しかし、水は壁のようにそそりたち、三人を洞窟の奥へと押しかえした。

――なんでえ、こんな波――

いらだって、また大きく水をかいたが、波はあざ笑うように、またぐいっと押しかえす。

――まけるものか――

動きの鈍くなった腕に力をこめて水をかくと、波はまた激しく押しかえす。

ふと、指先になにか、固いものがふれた。木だ！　舟板だ！　その板をつかんで引きよせると、ふたりをその上にのせた。板は斜めに傾いて、波の上をただよう。

そのとき、赤べえは奇妙なことに気がついた。板がゆっくりと左へ、左へと、まわり、それにあわせるかのように、遠くの光がみえなくなっていくのだ。まさか……不安になってあたりをみると、まわりに浮かんだ無数の木ぎれや板が、おんなじようにゆっくりと、左へ左へとまわり、内側にむかうにつれて、少しずつ傾きをましていくのだ。

——渦だ！

ぞっとして、板を渦の外にだそうとしたが、板は、内側に、内側にと、むかっていく。そのとき、りょうとみつの体が、傾いた板の上から、水のなかに落ちそうになった。

——どうせ死ぬのなら、三人いっしょに死のう——

子どもたちを板の上にしっかりのせると、自分の体を引きあげて、ふたりの上におおいかぶさり、板の両端を、手でしっかりつかんだ。

板は浮き沈みしながら、渦の内側にむかって進んでいく。傾きがますにつれて、子どもたちの体は、ずるずるとすべり落ちていく。赤べえは両手と両足を板にからみつかせて、ふたりをしっかりと押さえつけようとした。しかし、気を失った子どもは、まるでおとなのような重さでのしかかってくる。

もう腕も足も感覚をなくし、赤べえは、自分がなにをしているのかもわからなくなっていた。やがて板は、垂直に近い状態で、波にへばりついたまま、停止した。ふしぎなことに、しぶきはなく、音もきこえない。ただ、背中がなにかに押さえつけられているように、重い。

――これが、渦のまん中か――

体じゅうの力がぬけた。

――みつ、りょう、おいらはもうだめだ。いっしょに死のうな――

赤べえは、両手を板からはなした。みつもりょうも、たあいなくころげ落ちる。と、そのとき、ドンッという大きな音がして板がもちあがり、三人とも、ごろごろっと板のまんなかにころがっていった。波が湧くようにもりあがって、板をしっかりとその上にのせたのだ。

赤べえは体をふるわせて、それから深くため息をついた。

――渦がほどけた――

光があふれた。みたこともない、明るい光だ。

「おおい、おおい……」

だれかが呼んでいる。

ふいに肩の力がぬける。あぶない！　みつとりょうが落ちる。赤べえはあわてて腕に力をこめて、ふたりを抱いた。

「死ぬなよ……」

だれかが腕をつかむ。

「赤べえ、もどってこーい……」

女が叫んでいる。

ゴーオ、ゴーオッ！　波が吠える。

かいてもかいても、水は立ちはだかる。波の音が、無数の人のつぶやきのようにきこえる。

「子どもが目をさましたぞ！」

男の声が遠くにきこえる。

——もう朝か……早すぎる……もうすこしねかせてくれ——

ゴーゴーと燃えさかる火の音をききながら、赤べえは眠っていた。

「あ、か、べ、え……」

みつがよんでいる。

——こんどはなんだ……イモほりか……イモはあまり好きじゃないんだ……

そっぽをむくと、声が大きくなった。

「赤べえ、生きているのか。生きているのだば、目をあけてけれ」

——うるさいなあ……もう少しねかせてくれ……

だれかが体をゆすった。赤べえはしぶしぶ目をあけた。すると、おっかあと子どもたちの顔がみえた。

「なあ、もう少しねかせてくれ……」

どうしてだか、声がでない。

おっかあが大声で叫んだ。

「みんな、赤べえが、息をふきかえしたよーっ！」

子どもたちが、赤べえの顔や体にほっぺたを押しあてて、泣きだした。おどうもおっかあも、きもいりさままで、目を赤くしている。

「どうした、みんな。なにか悪いことでも、おきたのか……子どもでも、さらわれたのか……」

そういってから、ハッとした。以前、よく子どもをさらったことを、思いだしたからだ。もしかしたら、自分でも気がつかないで、みつやりょうをさらったのだろうか。

「みつは、りょうは、どこにいる」

かすれた声でたずねると、おっかあが、こらえきれないように泣きだした。

「あそこで、ねてるだよ。おまえさまのおかげで、命拾いをした。なんとお礼をいったらいいやら」

「そうか……よかったなあ」

赤べえは、ほっとして、うなずいた。なら、おいらは、なんにも悪さはしなかった。あ
あ、おいらが、あのふたりを助けたんだった。だったら、どうして泣くんだろう……

「なして泣く。なにが悲しい」

そうたずねると、おっかあが、胸もはりさけそうな声で泣きだした。

「悲しいから泣くのでない。うれしいから泣くのだ！」

それをきいて、おどうも、村の人たちも、どっと笑った。が、じきに、おんなじように
泣きだした。

赤べえは、さっぱりわけがわからなかった。だから、きもいりさまや村の人たちが、手
をついて礼をいっても、こまったような顔をして、うつむいているばかりだ。


あくる朝、赤べえは、いつもより早く目をさました。

――今日からは、みんなといっしょに漁も仕事もできる――

そう思うと、うれしくて、おどりだしたいほどだ。それに、きもいりさまが、いつまでもこの村にいてくだされといってくれた。やっとおいらも、みんなといっしょに、村にいられる。

赤べえは、うれしくて空をみあげた。まだほの暗い空は、雲もなく風も静かだ。今日は、きっと大漁だぞ。赤べえは、うきうきと、浜にむかって歩きだした。だけど、なんだか頭が重い。

――きのうは、久しぶりに酒を飲んだもんだから、二日酔いになってしまった。ああ、ゆうべは、ほんとに楽しかったなあ。だけど、おかげで頭がいたいや――

さっぱりと目をさまそうと、いつものように松葉をもんで、頭に汁をなすりつけた。その瞬間、びっくりしてとびあがった。なにか固いものが、指にふれたのだ。もういちどさわってみた。まちがいない。固くて太いものが、ぐんぐん、ぐんぐん、伸びていく。

「つのだ！　つのが生えたのだ！」

うれしさに胸がおどって、林の中を、ぴょんぴょんとびまわった。

「おいらは鬼だ！　もとどおりの、ほんものの鬼だ！」

赤べえは、うっとりと、鬼ヶ島での日々を思いうかべた。

大鬼神社の夏祭り、カミナリのような太鼓のひびき、燃えさかる焚き火、めぐる大さかずき、串刺しにしたクマやイノシシの肉、金棒の舞い、鬼の乱舞。祭りのあと、人間の船に乗りこんで襲ったときの、ぞくぞくする楽しさ……あのすべてが、また自分のものになる……

たまらなくなって、浜にむかってかけだした。

朝日のさしこんだ浜辺には、ひとっこひとりいない。ゆうべの酒に、村じゅうが酔いしれているのだ。

「よーし、ゆくぞーっ！」

海にむかって両足を大きくふみしめると、胸をはって、両手で強くドンドンとたたいた。

そのとき、遠くで声がした。

「あ、か、べーっ！」

「あ、か、べーっ！」

みつだ。みつが、浜のむこうからかけてくる。りょうも、ほかの子どもたちもいっしょだ。いけない。なにもよりによって、こんな時に。赤べえは顔をしかめた。

みつは息せき切ってかけよると、いきなり赤べえにだきついた。

「きのうは助けてくれてありがとさん。おら、もう、うれしくて、うれしくて。りょうもおらも、赤べえのこと、大好きだよ」

「んだ、おら、赤べえが、だいの、だいの、大好きだ！」

りょうも、赤べえの足にしがみついた。

「おらも、おらも、おらも、好きだよ」

ほかの子どもたちも、赤べえの手や足に抱きついてくる。

赤べえはこまってしまって、抱きつかれるままにしていた。そのとき、ふいに、だれかが叫んだ。

「あ、赤べえの頭さ、でっかい、つのがあらあ！」

「ほんとだ。でっかいつのだ！　したば、やっぱり赤べえは、鬼なんだ！」

「鬼だ、鬼だ、おっかねえよう」

子どもたちは、あわてて赤べえの体から手をはなした。なかには、逃げだす子もいる。

そのとき、みつが大声で笑った。

「赤べえったら、そったに、おっきな、つのコつけて、またみんなをおどす気だな。だども、そうはいかない。おら、そったもの、なんもおっかなくないもの。それに、そのつのコがほんもので、赤べえがほんものの鬼だって、赤べえは、赤べえだ。おら、なんも、かまわない。おらとりょうの命の恩人にかわりはないもの。おら、いつまでも、いつまでも、赤べえが好きだよ」

そういって、また赤べえにしっかりと抱きついた。すると、りょうも、「おらも。赤べえがほんものの鬼だって、やっぱり赤べえのこと、こったに、こったに、こったに、好きだよ」

そういって、ちっちゃな手を大きくひろげて、それからまた足にしがみついた。

それをみたほかの子どもたちも、きまりわるそうにうなずいて、

「んだ。やっぱり、赤べえは赤べえだ。おらたちの、だいじな友だちだ。つのコがあっても、なくっても、なんもかまわね。また、いつもどおり、海でいっしょにあそぶべし、な」

そういって、赤べえの手をつかむと、ぐいぐい波打ちぎわまでひっぱっていった。そして、波がざんぶりと押しよせてくるのをみると、もうたまらないというように、水にとびこんで泳ぎだした。

赤べえは水につかったまま、そのようすをみていたが、そのうちに、ふいに子どもたちに背をむけて、遠くの磯にむかって泳ぎだした。子どもたちが何人か、あとを追ってきたが、かまわずに泳ぎつづけた。

だれにもみられない磯にたどりつくと、大きな岩のかげにうずくまって、そっとつのを両手でつかんだ。それから、渾身の力を腕にこめて、うしろからまえに、ひと息に押しつ

けた。

毛むくじゃらの両腕に、紫色の血管が浮きあがり、ひたいから汗が滝のように流れ落ちる。かまわずに、歯を食いしばって押しつづけると、やがて頭の上で、メリメリッという、岩の割れるような音がして、腕が少しずつ、少しずつ、前に伸びていって、やがてボキッという鈍い音とともに、頭がスーッと軽くなった。

赤べえは深いため息をつくと、血のついた、二本の太いつのを膝の上にのせて、はらはらと涙をながした。

「あ、か、べ、えーっ！」

遠くで、子どもたちの声がする。

赤べえは、つのをいとおしそうに両手でにぎりしめると、ゆっくりと、沖にむかって泳ぎだした。そして、波のほかにはなんにもみえない所までくると、指をいっぽん、いっぽん、静かにひらいた。

——これでいいんだ、これで……

つのの落ちていった海の底をみようとするかのように、波に顔を押しつけて、またはらはらと涙をながした。それからそっと向きをかえると、浜にむかって泳ぎだした。

「あ、か、べ、え……」

子どもたちの声がする。

「おおっ！」

大声でこたえて、大きく水をかいた。

潮風が、傷あとにひりひりとしみた。

手品師

ぼくたちの町に、ひとりの男がやってきた。黒い短い上着に、白と黒の縞のシャツ、それに黒いズボンをはいて、大きな黒い羽根を一本さした黒い帽子をかぶっている。ほっそりと背が高く、手足の長い、顔の浅黒い男だ。おまけに、黒い犬をつれて笛をふきながら歩く姿ときたら、すごくかっこよくって、ぼくたちは夢中になっておいかけた。

男はぼくたちのことは気にもとめないで、笛をふきながら、路地から路地を歩いていった。すると、近くの子どもたちがあつまってきて、おんなじように、おいかけた。男は路地を通りすぎて、町のはずれに歩いていく。町のまわりには、トウモロコシの畑がひろがっていて、そのむこうは森だ。男は、畑のそばの原っぱで、立ちどまった。

ぼくたちがとりかこむと、ポケットから黒い袋をとりだして犬にくわえさせ、それから帽子を手にとってこういった。

「さあ、みんな、この帽子からなにがでるか、あててごらん」

手品師だ！　ぼくたちは目をかがやかせて、一生懸命に考えた。ハト？　ちがう、ふつうだ。ウサギ？　それも、あんまりふつうすぎる。

そのとき、ヨシが声をあげた。

「バラの花！」

男はほほ笑んで、帽子のうえで白いハンカチをひとふりした。すると、まっ赤なバラの花があらわれた。

そのバラをヨシにわたすのをみて、ほかの女の子たちも口々にいった。

「わたしもほしい。わたしにも、ちょうだい！」

すると、男は帽子を左手にもって、呪文をとなえながら、右手でハンカチをふった。こんどは、赤や、白や、黄色のバラが、つぎつぎでてきた。女の子たちは大よろこびだ。

男は、笑いながら、そのようすをみていたが、こんどはハンカチを大きくひとふりした。するとスズメが一羽あらわれて、鳴きながら空に飛びたった。

「ねえ、そのスズメ、もっとふやしてよ」

ぼくが思わずそういうと、また呪文をとなえながら、帽子のうえで、ハンカチをなん回かふった。すると、スズメがなん十羽もでてきて、空に舞った。

みんな、もう大さわぎだ。

「おじさん、おもちゃをだして、おかしをだして！」

男はいわれたとおりのものをだして、ぼくたちが受けとったのをみると、帽子をかぶりながらいった。

「今日は、もうおしまいだよ。私だって、ただで手品をするわけにはいかないからね。お代をもらうよ」

そういって、犬がくわえている袋をゆびさした。

「お代？　お金なんかないよ……」

みんながしょんぼりとうつむくと、ヤタローが声をあげた。

「まって！　ぼく、パパをつれてくる。パパに、ぜんぶ払ってもらうから、まだいかないで」

すると、ヨシも、大きな目をくりくりさせていった。

「あたしも、母ちゃんつれてくる」

すると、ほかの子どもたちも、

「あたしも、ぼくも、母ちゃんをつれてくる」

そういって、家にむかってかけだした。

原っぱには、ぼくと手品師だけがのこった。

「おまえは、だれもよびにいかないのかい」

ぼくは、くちびるをかんで、うなずいた。

「だって、うち、お金ないもん」

「それじゃ、なにか手伝ってもらおうか」

「なにかって？」

そのとき、ヤタローとヨシが、パパと母ちゃんをつれてきた。ヨシの母ちゃんは、野良着のままで、首に手ぬぐいをかけている。

「おまえさん、なんでも倍にできるだなんて、子どもをたぶらかすのも、いいかげんにしておくれ。そんなことができるなら、だれも苦労なんかしないじゃないか」

そう母ちゃんがどなると、もどってきたほかの子たちがさけんだ。

「ほんとだよ。あの帽子にいれると、なんでも、なん倍にもなって、でてくるんだよ」

「そんなこと、信じるもんか。ほんとなら、証拠をみせな」

手品師は母ちゃんの首から手ぬぐいをとると、帽子にいれてハンカチをふった。すると、手ぬぐいが二本になったではないか。

「あれ、どうしたんだろ？　おんなじのが、ふたつもでたよ」

手品師はふっと笑うと、その手ぬぐいをまた帽子にいれて、呪文をとなえ、ハンカチをふった。こんどは、四本になった。

それをみて、ヤタローのパパが、

「なるほど。子どものいうことは、本当らしいな。それじゃ、この金をふやせるかね」

そういって、大きな皮の財布から、一万円札を一枚とりだした。彼は、町でただひとつのスーパーをもっていて、そのうえ、町会議員だ。

「なくしたりしたら、警察にひきわたすぞ」

手品師が札を帽子にいれて、ハンカチをふると、二枚になった。パパはそれを手にのせて、なでたり、ひっくりかえしたりしていたが、どうやら、ほんものだと思ったらしく、こんどはその二枚を手品師にわたした。

「これをふやしてくれんか。代金は、はずむから」

「いくらくれますか」

「それは、できてからの相談だ」

手品師は札を帽子にいれて、呪文をとなえながら、ハンカチをふった。そのとたんに、なかから一万円札が束になってあらわれた。

これをみたおとなたちは、われ先にと金をさしだした。千円札、五百円玉、百円玉、五十円玉が、帽子からザラザラとでてくると、手をたたいてよろこんだ。この小さなN町では、金の出入りなぞ知れたものだからだ。

「さ、今日は、これでおしまいにしましょう。この犬の袋に、お子さんの分もあわせて、私の手品にふさわしい代金をいれてください。もし払えないようなら、ご自分のいちばん大切なものを、私にください。いいですか、みなさんの、いちばん大切なものですよ……」

終りのほうはよくきこえなかった。犬が袋をくわえて、人々のあいだをまわりはじめたからだ。

袋をさしだすと、みんなは、最初に手品師にさしだしたのとおんなじか、せいぜい少し多いだけの、お金をいれた。

「なんてったって、金ぐらいだいじなものはないからな」

だれかがこういいながら、百円玉を二、三枚いれると、犬がキャンキャンとかん高い声でほえた。それはまるで、「ケチンボ、ヤメロ！」といっているようにきこえたが、みんなは、ゆかいそうに笑うだけだ。

「おまえの家からも、だれかきたかい」

ふいに手品師が、ぼくにきいた。首をふると、手品師は、帽子をかぶりながらいった。

「やっぱり、手伝ってもらおうか」

ぼくは内心うれしいような、不安なような気もちで、手品師といっしょに歩きだした。

そのとき、母さんが、「ケン、ケンイチー」と、ぼくの名をよびながら走ってきた。そして、手品師のまえにすわるなり、まるで土下座をするように、手をついて、こういったんだ。

「おねがいです。どうか、つれていかないでください。代金はくめんいたします。どうか、どうか、この子を、つれていかないでください」

泣きださんばかりにそういうと、まわりの人々にむかって頭をさげた。

「いくらでもかまいません、お金を貸してください。あとで、かならずお返ししますから」

「そうはいっても、おまえさん、返してくれたことがないじゃないか。生活が苦しい、とかいってよう」

ほかの人々も、うなずいた。たしかに、父さんが亡くなってから、母さんは働きずくめにはたらいているけど、たべていくのがやっとなのだ。それなのに、ぼくはまだ子どもで、はたらけない。ぼくは、母さんがかわいそうでならなかった。

「だいじょうぶだよ。この人の手伝いをしたら、すぐかえってくるから」

「いいえ、いけません。いかないでおくれ」

母さんがぼくの手をつかんでひっぱるのをみて、ヤタローのパパが、母さんの肩をたたいた。

「わしが貸してやる。そのかわり、これまでの借金を返してくれよ」

母さんは、あおくなった。

「あ、ありがとうございます。息子の代金を払ったら、はたらいて、かならずお返しいたします」

「なに、はたらかなくても、だいじょうぶだ。この男にふやしてもらえ」

パパはそういって、財布から千円札を一枚とりだして、母さんにわたした。すると、ほかの人たちも、五十円玉や百円玉、それに十円玉まで、さしだした。

「うちだって、あんたのだんなが死んだとき、葬式代をたてかえたよ」

「あたしも店の品物をつけで貸したけど、まだ返してもらってないじゃない。これをふやしてもらって、払ってよ」

いろいろな人がこういって、お金をわたしながらつめよったので、とうとう母さんは泣きだした。そして手品師に両手をついてたのみこんだ。

「あつかましいことをいってすみませんが、どうか、このお金をふやしてください」

手品師はふっと笑うと、帽子にひとつひとつお金をいれて、呪文をとなえ、ハンカチをふった。すると、なかから、でるわ、でるわ、十円玉に五十円玉、百円玉に千円札が、山のようにでてきた。母さんは、そのお金をエプロンにあけると、手品師がいるだけとれるように、ぜんぶ犬の袋にいれた。手品師は必要な分だけとって、残りをまたエプロンにもどした。母さんはそのお金を残らず、借金をとりたてている人たちにわたした。

犬は、こんどはほえなかった。


手品師は帽子をかぶると、また笛をふきながら、犬をつれて歩きだした。子どもたちは親といっしょに家にかえり、母さんは地面にすわって、手品師の背にむかって手をあわせた。


そのとき、ぼくは、おかしなことに気がついた。あの帽子につけた黒い羽根が、ほどけるように、無数のほそい、すきとおった糸になって飛びだしたのだ。

「みて、羽根が糸になったよ!」

「おかしな糸だこと。気もちわるいわね」

母さんがこういうと、ヨシも、ヤタローも、ほかの子たちも、帽子をみた。

「ほんとだ、羽根が糸になって飛んでいるよ！　へんだなあ」

「でも、きらきら光って、きれいだね」

糸は太陽の光にかがやきながら、風に吹かれて空に舞いだした。子どもたちは、親たちの手や服をひっぱってみせようとしたけれど、みんな、ふくらんだ財布ばかりみていて、空には目もくれない。

やがて、糸は少しずつ長くなって、ぼくたちの頭のうえにとんできた。それから、一点にあつまって、放射状にのびると、透明な円をえがきだした。

「ねえ、空に、おかしな糸がひろがってきたよ」

子どもたちがさわいでも、親たちは耳もかさずに、こんな話をしていた。

「おまえんとこは、いくらになった？」

「たいしたことないよ。だけど、きょうは、ひさしぶりに飲みにいこうかな」

「あたしも、たまにはパーッとあそびたいねえ。子どもたちにも、おいしいものでもたべさせてさ」

こんな声があちこちからきこえてきて、そのうちに、金を貸したの、返したのという話になってきた。その声が大きくなるにつれて、頭のうえの糸は、まるで網の目のようにひろがっていく。

母さんはぼくの手をつかんで、逃げるように家にかえった。

町はずれのぼくの家からは、もうあのきらきら光る糸はみえなかった。母さんは、ほっとしたようにため息をつくと、おぜんのまえに足をのばしてすわった。

「ケン、うちにはなんにも残らなかったけど、やっと借金がなくなって、せいせいしたわ。父さんにはわるいけど、もうこの町をでて、新しい土地で暮らしましょう。きょうは、お祝いに、家のなかをパーッとあかるくするのよ」

その夜は、ひさしぶりに電灯をつけて、夕ごはんをたべた。つぎの日、父さんの墓参りをすませると、母さんとぼくは、もてるだけの荷物をもって、N町を去った。

一方、大人たちは、その夜は繁華街にくりだして、たべたり、のんだり、大はしゃぎだ。そうしていい気持ちで会計をすまし、家にかえると、財布の中身をたしかめた。すると、使いはたしたはずの金がはいっていた。

「あれ、どうしたんだろう？　払いわすれたのかなあ。それとも、つり銭をまちがえたのかなあ」

「たしかにちゃんと払ったわよ。おつりをまちがえたにしても、多すぎやしない？　もしかしたら、あのお金、手品でだしたものだから、なくならないのかも……それとも、ひょっとして、あの人、魔法使いだったりして」

「まさか。だけど、なんだか気味がわるいな。このお札、ほんものかなあ」

電灯にすかしてみると、はじっこのほうに、小さな、黒い、クモのような影がうかびあがった。まちがいかと思ってもう一枚みると、やっぱりクモのような影が、はじっこにみえる。コインも、光線のぐあいで、小さなクモの影がみえるような気がする。

「なんだかおかしい。ニセ金かもしれない」

もう一度、手にとってみたが、なんということもない、ふつうの千円札だしコインなのだ。

「やっぱり、ほんものだねえ。もう一度みてみよう」

また電灯にすかしてみると、やっぱり、しみのように、クモのような影がみえる。その影はお札にしみついているように、どうやってみても、きえないのだ。

「あたし、こわい。そんなお金、もう使うのはよそうよ」

金を手にいれた家ではどこでも、こんな話がかわされていて、だれもが気味わるがって、目にみえない所にかくしたり、ゴミ箱にすてたりした。

ところがつぎの日の朝になると、どこの家でも、その金をもう一度手にとって、じっくりとたしかめてみるのだ。

ヨシの家でも、父ちゃんと母ちゃんが、こんな話をしていた。

「やっぱり、ただの千円札だよ。黒い影にみえたのは、目がわるくなったせいさ。それに、なんといっても、金は金だ。どうどうと使おうよ」

「そうね。使うのがいちばん。せっかくあるものを使わないなんて、バチがあたるもんね」

そんなことをいいながら、一家でまた繁華街にでかけては、今まで手のでなかった服や、おもちゃを買ったり、上等のすしをたべたりした。そして夜、財布の中身をたしかめると、やっぱりへっていない。母ちゃんは、さすがに気味がわるくなった。

「ねえ、このお金、もう使うのはよそうよ。そうだ、あしたの朝は収集車がくるから、そこにだせばいい」

「そうだな。なにかあると、おっかないもんな」

父ちゃんもうなずいて、財布の中身をビニール袋にあけ、目をつぶって、えんのしたにほうりこんだ。

つぎの朝、ゴミ収集車のチャイムがきこえると、母ちゃんは、ビニール袋をえんのしたからひっぱりだした。なんだか、きのうより重くなっているような気がする。それに、きのうよりふくらんでいるようだ。

チャイムの音が近づいてくると、母ちゃんはあせって、父ちゃんをよんだ。

父ちゃんは、おどろいた。すててしまうのはもったいない。これだけあれば、どんなに生活がらくになるだろう。

「な、もう少し考えてからだって、おそくはないよな」

「う、うん……」

そしてまた、金はふたりの手にもどった。

おんなじことが、どこの家でもおこっていた。けっきょく、だれひとり、このふしぎな金を手ばなさなかったのだ。なかには、ヤタローのパパのように、このことに気がつかない人もいたけれど。

こうしてみんなは、おっかなびっくり、この金を使いだした。そのうちに、だれもが、金がなくならないのを、ふしぎに思わなくなっていった。

いっぽう子どもたちは、親たちが急に気前がよくなったので、とまどっていた。はじめのうちは、もらったおこづかいで、ポテトチップスかキャンディーを買って、ひとりでたべていたが、そのうちに友だちにおごるようになった。それだって、以前はめったに買ってもらえなかったのに、今では、チョコやアイスを買っても、なんにもいわない。それどころか、なくなると、また、おこづかいをくれるのだから、みんなよろこんで買いにいった。おかげで、菓子屋は大よろこびだ。

親たちは、日ごろ、あれほどしつけや節約にうるさかったのも忘れて、子どもたちが、好きほうだいにたべるのを笑ってみていた。

「いいねえ、お金があるって。これからは、子どもにはいい学校にいかせて、いい生活をさせたいねえ」

そういいながら町にでては、きれいな服やくつを買って、子どもたちに着せ、自分たちも、今まで気おくれして買わなかった高価な服やバッグを買うようになった。

「やっぱり、高いものは、いいねえ。もう今までのは、ボロになったから、すててしまおう」

そうして、それまで大切にしていたものを、着るものも、たべるものも、テレビも、洗濯機も、なにもかもすてて、新しいものとかえていった。なんといっても、金はたっぷりあるし、どうやって使おうかと考えるのが、楽しみでならなかった。

そのうちに、今までのように、汗水たらして畑をたがやしたり、安い給料ではたらいたりするのが、バカらしくなって、なんにもしないで暮らすようになった。

子どもたちは子どもたちで、お菓子のたべすぎで太りだし、外でとびはねてあそぶこともなくなって、家でゲームばかりするようになった。学校にいっても、大好きな体育の授業でさえ、だらだらと体をうごかし、授業中は、なまあくびをするようになった。

先生たちは、はじめのうちこそ注意をしていたが、そのうちに、自分でも、黒板のまえでチョークをにぎったまま、何をするつもりだったか思いだせなくなって、ぼんやりするようになっていった。

親たちは、自分も太ってしまったせいで、子どもの変化には気がつかず、あいかわらず、金にあかせてごちそうをたべ、ほしかったものを買いつづけていた。そのため、ついこのあいだまでつましく暮らしていたことを忘れて、わずかな金のために、まじめにはたらく人々を見くだすようになっていった。

そんなある日、ヨシが、家のそばのゴミおき場にいくと、どこからか小さな声がきこえてきた。

あたりをみまわすと、ゴミ箱のしたに、小さい足がみえる。その足をつかんでひっぱりだすと、ちっちゃな、茶色いキジネコがでてきた。目やにだらけで、もようもはっきりしないほど、よごれている。

ミャー

子ネコは、ヨシの手のなかで、たよりなげに鳴いた。

「かわいそうに。おなかがすいてるんだね。まってて、今、牛乳をもってくるからね」

大急ぎで牛乳をもってきて、お皿にいれてのませようとしたが、かすかな声で鳴くだけだ。

「このままじゃ、死んじゃうよ。そうだ。母ちゃんに、どうすればいいか、きいてみよう」

大声でよぶと、母ちゃんが家からでてきて、子ネコをみるなり顔をしかめた。

「きたないねえ。すてておいで！」

ヨシはびっくりした。だって、母ちゃんは動物が大好きで、すて犬やすてネコをみると、かならずえさをやっていたからだ。ただ、今までは、お金がなかったので、悲しそうに首をふって、「かわいいねえ。飼ってやりたいけどねえ」といっていた。それなのに、こんなことをいうなんて、なにかのまちがいじゃないだろうか。

「きたなくないよ。洗えばきれいになるもん。ねえ、飼ってよう」

「だめ、そんなの。みっともないから、うちじゃ飼わないよ。ネコがほしけりゃ、血統書つきのを買ってあげるから、すてておいで」

そういって、子ネコをとりあげようとした。

「やだ、このネコでないと、やだー」

ヨシは子ネコをだきしめて、背中をむけた。

「親のいうことがきけないのか！　そんな子はもう、うちの子じゃない。どこかにいっておしまい！」

母ちゃんは、そういってヨシをつきとばすと、家のなかにはいっていった。


ドシン！

ヨシはゴミ箱にあたってころんだ。ズボンがやぶれて、ひざから血がでている。

「母ちゃん、どうしたの！　どうして、こんなひどいことするの。薬をつけてよー」

よろよろと立ちあがって、ドアをあけようとしたが、なかから鍵がかかっている。

「あけて、あけてよう！」

ドアをたたいても、返事もない。

悲しくなって、泣きだした。

そのとき、父ちゃんがかえってきた。りっぱなコートに、ぴかぴかの革靴をはいて、少しお酒のにおいがする。ヨシをみて、おどろいたようにいった。

「じょうちゃん、こんな所で、どうしたんだい？」

ヨシはほっとして、泣きじゃくった。

「母ちゃんが、あけてくれないんだ」

すると、父ちゃんはふしぎそうに、

「母ちゃんだって？　この家に子どもはいないよ。おかしなこといわないで、早く家にかえりな」

そういって、鍵をあけてなかにはいると、またぴったりとしめてしまった。

「父ちゃん、あけて！　ヨシだよ、この家の子だよ！」

そういって、はげしくドアをたたいていると、母ちゃんがドアをほそくあけて、かみつくようにどなった。

「しつこいガキだね。とっととかえりな！」

そして、また、なかから鍵をかけてしまった。

ヨシはおどろきすぎて、泣くこともできなかった。

――父ちゃんも母ちゃんも、どうしたの。あんなにやさしかったのに、あたしのこと忘れてしまった――

しょんぼりと家のまえに立っていると、足もとで鳴き声がきこえた。

ニャー……

なぐさめるように顔をみあげている。

ヨシは子ネコをだきあげて、大声で泣いた。

――父ちゃんも母ちゃんも、金持ちになったら、あたしのこと忘れてしまったみたい。金持ちになんか、ならなきゃよかった――

もう一度あけようとしたが、ドアはぴったりとしまっていて、テレビの音が、かすかにきこえるだけだ。

ヨシはしばらくその場にたたずんでいたが、あきらめて歩きだした。

「もう家には、はいれないんだ……おまえを飼ってくれる人の所にいこうね……そうだ！ケンの家にいこう。あのおばさんなら、飼ってくれるかもしれない」

ケンは、町はずれの畑のそばに住んでいた。

ヨシは家をでたときに着ていた、うすい上着のえりをあわせながら、子ネコをだいて歩きだした。

風が強くなってきた。

ポケットにいれると、子ネコはのどをゴロゴロと鳴らして、そのうちにねてしまった。


ようやくケンの家にたどりつくと、窓も戸もしまっていた。おまけに、いつも花や野菜が植えてある庭には、伸びほうだいにのびた雑草が、風になびいている。

「その家なら、だいぶ前にひっこしたよ」

そばを通りかかった男の人が、おしえてくれた。

「どこに?」

「知らないねえ。夜逃げみたいだったよ」

夜逃げということばの意味はわからなかったが、ケンもおばさんもいない、というのは、よくわかった。

仕方がないので、こんどは、ヤタローの家にいくことにした。

ヤタローは、ぼーっとしているけど、親切だ。


歩いているうちに、日が暮れて寒くなってきた。

子ネコはポケットのなかで、ぐったりしている。

——なにかたべさせないと、死んじゃうよー
さいわい、途中に小さな店があったので、なかにはいった。お金はたくさんある。ヨシはパンと牛乳を手にとって、千円札をさしだした。

店のおばさんは、お札を受けとると、あれ、というような顔をして、ひっくりかえした。それから、もういちどひっくりかえすと、

「気のせいかねえ。なんだか少しへんだけど、子どもがニセ札を使うなんて、あるわけないもんね。だけど、わるいけど、これじゃ売れないよ」

そういって、お札をかえしてきた。

わけがわからなくて、お札をにぎったまま立っていると、ふいに小さな鳴き声がして、子ネコがポケットから顔をだした。

「どうして?」

おばさんは笑いだした。

「おやおや、こんな子がいたのかい。ずいぶんやせて、おなかがすいているようだねえ。いいよ、それはあげるから、その子にたべさせておあげ。あんたも、こんな所でぐずぐずしてないで、早く家におかえり」

ヨシはお礼をいって外にでると、さっそくパンを牛乳にひたして、ネコにやった。ネコはさっきとはちがって、ぺちゃぺちゃと吸いつくようにたべている。その残りをたべてみると、このごろ母ちゃんが町から買ってくる、値段の高いパンの何倍もおいしい。

ヨシはすこし元気になって、ヤタローの家にいくのはやめて、家にかえることにした。ヨシの家は、ヤタローのパパのスーパーから、少しはなれた所にある。小さな町だから、スーパーのネオンは、遠くからでもよくみえる。その灯を目じるしに歩きだした。

「母ちゃんがまたダメっていったら、物置きでごはんをあげるからね。家のなかで飼えるようになるまで、まっててね……」

そういいながら、歩いていった。

ヤタローの家はスーパーの近くにあって、よく知っていたし、そこにいく道だって、なんども通ったことがある。だからスーパーにいく道だってわかっているはずなのに、どうしたわけか、なかなかたどりつけない。それどころか、一歩すすめば、スーパーが二歩さがる、といったぐあいに、はなれていくようだ。

――道にまよったみたい。どうしよう……

遠くに、たしかに、スーパーのネオンがみえる。

ヨシはまたネコをポケットにいれて、歩きだした。ネコは気持ちよさそうに、小さくのびをした。

星がでて、木が風にゆれ、枝にはった大きなクモの巣をゆらしている。

ヨシはその木の下にうずくまった。

「少し休もうね。足がいたくなった」

そしてそのまま、ねてしまった。

ヤタローのパパは、考えていた。

――あの子は、みっちりしこもう。店がちゃんとやれたら、りっぱに生活できるだろう。少しぐらい頭がわるくても、あいつには、いい暮らしをさせてやりたいものだ――

そこで、学校からかえったら、店の手伝いをするようにというと、ヤタローは部活を休んでスーパーに直行し、さっそく手伝いをはじめた。まず、従業員といっしょにトラックから商品を受けとり、それに値札をつけて棚にならべ、レジで商品を袋につめて客にわたすのだ。

最初のうちは、おもしろがって一生懸命やっていたが、なにしろこの町では客は少ないし、それにスーパーといえるほど大きな店はここしかないので、手持ちぶさたになってきた。

よくみると、店は、内装に金をかけないせいで、ぜんたいに古びてうす暗いし、品物だって数が少ない。いつかいったM市のスーパーは、大きくて、あかるく、商品があふれているし、従業員のユニフォームだってかっこよかった。あんな店だったら、よその町からもお客はくるし、繁盛するんだ。うちも、あんなふうにするといいのに。

パパにそういうと、パパは、腕ぐみをして考えこんだ。息子のねがいはかなえてやりたいが、それには金がいる。ここは、しばらくがまんするしかない。がまんをおしえるのも、りっぱな教育だ。

そこで、経営がどんなに大変なことかをおしえようと、財布をとりだした。

「いいかい、このなかには、うちの店の今月分の利益がはいっているんだよ。あしたの朝、銀行にいれようと思ってもってきたのだけど、おまえが思うほどの額じゃないんだ。これをみれば、店を経営するのが、どんなに大変か、よくわかるだろう」

「だけど、ずいぶんふくらんでるよ」

「それは、領収書だのなんだの、つっこんであるからだ。あけてみれば、わかるさ。さあ、みてごらん」

そういって、財布のチャックをあけると、おどろいたことに、領収書や請求書のかわりに、一万円札がぎっしりとつまっているではないか。パパは、思わずほっぺたをつねった。

「すごいなあ。やっぱり、もうかってるんだ！」

ヤタローのはずんだ声に、耳をおさえた。

――いったい、いつ、こんなにもうけたのだろう。店は、赤字とまではいわないが、一万円札が数枚のこるぐらいしか、利益がないのに――

しばらく考えているうちに、思いだした。あの男だ！　あの手品師にふやしてもらった金だ。そのうえ、ケンの母親にも返してもらったっけ。あの男、代金を払うまえに、なにかいっていたが、なにをいおうとしたんだろう。それにこんな金、使っていいのだろうか……

パパはちょっと不安になったが、すぐに首をふった。

――かまうもんか。たとえ手品でだした金でも、これだけあれば、息子のねがいをきいてやれるじゃないか。金は使ってこそ、値打ちがあるんだ――

さっそく、店を改装することにした。

ヤタローの希望どおり、まず天井に蛍光灯をたくさんつけ、棚をつけかえ、壁と床をあわい黄色に統一して、全体にあかるく広々した感じにした。それから商品の仕入れをはじめたが、いつもの雑貨や食料品のほかに、若者むけの雑誌や化粧品もいれた。それも、今までよりもずっと多く。これで、財布の金と今月の利益は使いきった。もうさかだちしても、一円も残らない。

それでも、パパは満足だった。あかるい、広々とした店、たくさんの品ぞろえ、それは自分の夢でもあったから。

「どうだい。りっぱじゃないか。この店はおまえがつぐんだから、しっかりやるんだぞ」

「うん、しっかりやるよ」

ヤタローはうれしそうに笑って、つづけた。

「だけど、ぼく、ハンバーガーショップもやりたいんだ。だって、M市のスーパーにはあるもの」

「そうか。それには、まずこの店で、利益をあげてからだな」

そうはいったものの、なんとかして、息子の夢をかなえてやりたかった。しかし、それには元手がいる。もう財布はからっぽだし、もう一度改装するのは、とうていむりだ。だけどなあ、せっかく、あいつがやる気になったのになあ……

パパは考えにかんがえたあげく、従業員をやめさせることにした。家族だけでやれば、金も早くたまるし、ショップだって早くだせる。そのほうが、あいつにとってもいいだろう。

そこで従業員をやめさせて、ヤタローとママにそういうと、ママはかんかんになっておこった。

「だいたい、あなたがかってに改装したんじゃないの。今までどおりやっていれば、ちゃんとやっていけたのに。どうして、あたくしが、掃除や、レジをしなきゃいけないのよ。いやよ、ぜったいにいや!」

「おまえは、息子やわしのために、はたらこうとは思わないのか!」

「ええ、思いませんわ。あたくし、今まで、いっぺんも、はたらいたこと、ありませんもの。あなただって、あたくしには苦労はかけません、っていって、結婚なさったじゃありませんか」

それをきいて、パパはだまってしまった。たしかにそのとおりだ。ママの父親は町の有力者で、そのおかげで、自分は町会議員にもなれたし、スーパーの経営者にもなれた。だけど、だからといって、今はそんなわがままをいうときなのか。

パパは、はらわたが煮えくりかえりそうなのをこらえて、息子にいった。

「おまえは、わしといっしょに、店ではたらこうな」

ヤタローはうなずいた。パパが大好きだから。

すると、ママが口をはさんだ。

「いいえ、あんたは、おじいさまのように、県会議員になるんです。店員になんか、させるものですか。あなただって、そうなさったら、いいじゃありませんか」

パパは、ママをにらみつけた。おまえはそんなやつだったのか。子どもさえいなければ、もうとっくに、わかれているのに。

ヤタローはママも好きだし、スーパーでも議員でもどっちでもよかったので、ママにもうなずくと、パパと店内をみてまわり、商品を棚にならべた。


やがて、改装祝いの日になると、店はセール品めあての客でごったがえしたが、三日目には、もうほとんどこなかった。このN町では老人が多く、若者が少ないので、あまり買い物をしないからだ。

ヤタローは、せっかく学校を休んではりきっていたのだが、たいくつになってきた。それで、あしたからまた学校にいきたいというと、パパはしぶい顔で、

「いいよ。そのかわり、ちゃんと勉強するんだよ」

と、ぽつんといって、ひとりでレジに立った。

――町会議員の仕事といっても、たいしてあるわけではないし、当分、議会は休みだし……いよいよやれなくなったら、アルバイトをやとえばいいんだ――

パパは、自分で自分にいいきかせていた。

それから頭をかかえて、考えこんだ。

――わしとしたことが、あんな男のだしたあぶく銭にうかれて、つい仕入れすぎた。もっと売れると思っていたんだが……ともかく、この支払いだけでも、なんとかしないと――

そう思いながら、ハンガーから上着をとって、ポケットの財布をとりだした。財布はずっしりと重く、ぱんぱんにふくらんでいる。パパは、がっかりした。

――すごい請求書だ。これがぜんぶ札束だったら、どんなに助かるだろう。こんなもの、みたくもないが、もしかしたら、一万か二万ぐらい残っているかもしれない――

おそるおそる財布をあけてみると、どうしたことだろう、請求書どころか、手の切れそうな一万円札がはいっていた。それもぎっしりと。ぬい目が切れそうなほどにだ！

パパは目をこすって、ほっぺたをつねった。まちがいない、ほんものだ。それも、このあいだの倍はある。タヌキやキツネのいたずらじゃないのは、たしかだ。

思いきって、一枚つまんで、蛍光灯にすかしてみると、はじのほうに、うっすらと黒い点のようなものがみえる。

――ひょっとして、ニセ札かな――

もう一度たしかめようと、蛍光灯にすかしてじっくりとみると、なんだかクモの影のようにみえる。ニセ札を作るのに、わざわざこんな透かしをいれるだろうか――

そうは思ったが、もう一度、手にとってひっくりかえしてみた。そして、ほーっと、ため息をついた。

――よかった。やっぱりふつうの一万円札だった。これで、店はつづけられる。それにしても、こんな大金があるのに、どうして、今まで、気がつかなかったのだろう――

パパはだれもいない店内でスキップをすると、さっそく、もとの従業員たちに電話をかけた。

「給料は、はずむよ。また、はたらいてくれんか」

従業員たちがもどってくると、すぐに、店の一画にハンバーガーショップを作ることにした。そして職人たちが工事にとりかかると、ひまをみては店にきて、すすみ具合をみていたが、そのうちに、自分が、なぜこんなことをしているのか、わからなくなってきた。

たしか、だれかをよろこばせようとしていたような気がするのだが、そのだれかが、まったく思いだせないのだ。ヤタローがくると、息子のためだったと思いだすのだけど、いなくなると、すぐに忘れてしまう。

それに気づいた従業員たちは、かげでこういって笑っていた。

「社長、このごろ、ボケてきたな。もの忘れがひどくなってきた」

ショップの完成が近づいたころ、ヤタローがうれしそうにいった。

「パパ、もうじきできあがるね」

だが、パパはきょとんとして、その言葉をきいていた。

――パパだって？　だれが――

ヤタローは、気がつかないで、つづけた。

「そろそろハンバーガーとコーヒーを仕入れようね。ぼく、うんとはたらくからさ」

――ハンバーガーってなんだ。それにおまえはだれなんだ――

そう思ったが、だまっていた。この少年が、かわいそうな気がしたからだ。

「パパ、どうしたの。なぜ、だまっているの」

ヤタローがふしぎそうに顔をのぞきこむと、急に腹がたってきた。

「パパ、パパって、気安くよぶな！　いったい、おまえは、どこのどいつだ！」

ヤタローはおどろいた。パパったら、どうしたんだろう？　そういえば、このごろ、ママのこともわからないときがあるし……はたらきすぎて疲れたのかもしれない……

そこで、パパの腕をそっとつかんで、

「ね、今日は、もう家にかえって休もうね」

というと、パパはその手をふりはらって、そばにあったティッシュの箱を投げつけてきた。

ヤタローはとびのいて、さけんだ。

「パパ、やめてよ！」

すると、こんどは、ゴミ箱をふりかざして、とびかかってきた。

「この小僧め！　こんな所で、なにをしている」

そういって首をしめようとした。

「だれか、きて！」

店長がとんできて、パパの腕をつかんで落ちつかせると、車で家まで送ってくれた。

パパは荒い息をして、うしろの席でぐったりしている。


家にかえると、すぐにベッドにつれていって、よこにならせた。ママはるすで、家にはだれもいない。

パパは、まるで熱病にかかったように、うわごとをいっている。よくきくと、金、金……といっているようだ。

――パパ、どうしたの。いつも、あんなに、ぼくのこと心配してくれていたのに。今はねごとでもお金のことだなんて――

ヤタローは、さびしいのと心細いのとで、じっとママのかえりをまっていた。

――このあいだまで、ふたりとも仲がよかったのに、このごろは、ケンカばっかり。まえは、ケンカしても、ぼくのことを心配してだったのに。店を改装してから、ふたりとも変わったみたい――

ヤタローはなんにもたべないで、いすにすわったまま、パパの寝顔をみつめていた。

日が暮れて、寒くなってきた。

ママはまだかえらない。

パパが目をさまして起きあがった。

「ああ、よくねた。仕事にいかなくては」

「もう夜だよ。ぼく、晩ごはんをつくるから、いっしょにたべようよ」

そういうと、パパはふりむいて、ヤタローをにらみつけた。

「おまえはだれだ。どうして、この家にいる。どろぼうか。金がほしいのか。金ならやるから、でていけ！」

ヤタローはおどろきすぎて、声もでなかった。パパったら、ほんとうに、ぼくのこと、忘れてしまったんだ。あんなにかわいがってくれていたのに……

そのとき、玄関があいて、ママがかえってきた。

このごろはいつも派手なドレスをきて、買い物袋をたくさんかかえている。

「デパートで服をえらんでいたら、おそくなっちゃったの。ね、どう、この服、すてきでしょ。あらっ、ふたりとも、どうしたの？　ごはん、まだなんでしょ」

そういって、袋をあけてフライドチキンの箱をとりだすと、テーブルのうえにおいた。ヤタローは急におなかがすいて、箱をあけようとした。するとママが、その手をぴしゃりとたたいた。

「なんておぎょうぎ。手を洗ってきなさい」

あわてて立ちあがると、ママは、ふいにヤタローの顔をみつめた。

「あなた、どこの子？　どうして、ここにいるの？」

するとパパも、

「さっきからこの家にいるんだ。金がほしいらしい」

そういいながら財布をあけて、一万円札を数枚とりだした。

「これをやるから、とっとと、でていけ！」

ヤタローは払いのけたが、パパはむりやりポケットにつっこんだ。

「ふたりともどうしたの。やだよ、ぼく、ヤタローだよ。ぼくのこと、忘れたの！」

「なんて、ずうずうしい。家にはそんな子はいません！」

ママはこういうと、パパといっしょにヤタローをひきずって、外においだした。

「いれて、なかにいれて！　ぼくだよ！　ヤタローだったら！」

ドアをたたいてさけんでいると、勝手口からパパがでてきた。

「いつまで、ここにいる気だ。いいかげんに家にかえれ。警察をよぶぞ！」

そうどなると、スーパーにむかって歩いていった。

ヤタローはわけがわからなくて、しばらく家のまえに立っていたが、もう暗いし、どこにもいく所がないので、パパにみつからないように、スーパーにむかって歩きだした。


スーパーはもう閉まっていた。従業員用の入り口からそっとはいって、ダンボールや商品をおいてある倉庫にもぐりこんだ。ダンボールは、商品のはいっているものも、そうでないものも、乱雑に積みあげてあった。床もひどくよごれている。

ヤタローは、からのダンボール箱をとりだすと、業務用のカッターでガムテープを切って、床にしいてよこになった。ここで一晩ねて、あしたの朝、家にかえろう。

ふと気がつくと、奥の部屋から声がした。

「それで、いくらいるのかね」

パパだ。

「はい、食料品とハンバーガーにコーヒー、それとアルバイト代で五十万円ほどです。あさって払うことになっていますが」

「銀行でおろせばいいじゃないか」

「ですが、もう資金がありません。改装にかかりすぎたものですから」

店長の声だ。チャックを開ける音がして、パパの声がつづいた。

「しょうがないなあ。さあ、これをあした銀行にいれて、払いなさい」

「ありがとうございます」

ヤタローは、へんな気がした。だって、自分は今までアルバイト代なんかもらっていないし、改装の費用は、パパが自分の財布からだした。それに食料品や雑貨の代金だって、きのう払ったはずだし、ハンバーガーも、コーヒーも、手配さえしていないじゃないか。

ふたりが、従業員用の出入り口にむかう足音がした。ヤタローは走って先に外にでると、パパのまえで両手をひろげた。

「パパ！」

しかしふたりは、まるで人がいるとは気がつかないふうに、ドアに鍵をかけてでていった。

ヤタローは、また外にとりのこされた。

――これからどうしよう。それにしても、パパには、ぼくがみえなかったのだろうか――

店のそばで考えていると、だれかが肩をたたいた。

「どうしたんだい？　いく所がないのかい」

黒い帽子をかぶって、黒い上着に縞のシャツを着た、手足の長い男だ。どこかでみたような気がするが、だれだったか思いだせない。

ヤタローがうなずくと、男は手招きをした。あとをついていくと、町はずれの小さな家についた。なかには、大きなうす茶の犬と、黒い犬が四頭いて、もの憂げに顔をあげた。

「もうおそいから、今夜はここにとまっていきなさい」

その声にさそわれるように、ヤタローはそのままソファーによこになって、ねてしまった。

「ヤッちゃん、ヤタローちゃん」

だれかが呼んでいるような気がして、目をさました。

――ヨシの声みたいだけど――

気がつくと、うす茶の犬が、ヤタローの顔に鼻をこすりつけている。

犬は、なにかいいたそうに大きな目でみつめ、鼻先を強くおしつけてきた。

「どうしたの？　たべるものはないよ」

ヤタローは犬の頭をなでてそういったが、犬は訴えるようにヤタローの目をみつめている。

「外にでたいんだね。ぼくも家にかえりたい」

ヤタローはドアをあけようとした。だけど、ドアは外から鍵がかかっていて、どうしてもあかない。おどろいて窓をあけようとしたが、うすいガラス窓なのに、鉄のように重くてあかないのだ。

外をみると、空はまだ暗く、そばの大きな木が、風にはげしくゆれている。

――ひどい風だ。やっぱり朝までまったほうがいいのかもしれない――

そう思って、もう一度外をみると、ふいに木の葉のかげで、なにかがうごいた。目をこらすと、黒い人影が窓に背をむけて、枝に腰をかけている。帽子をかぶって、手足が長い。じっとみていると、ふいにその姿がきえた。

――え、なに？　どこにいったの――

そう思ったとき、とつぜん風がゴーッと吹いて、なにか黒いものが空にとびだした。クモだ！　一匹の大きなクモが、風にのって飛んでいくのだ。

「こんな夜更けに、それもこんな天気に、どこまで飛んでいくのだろう」

そうつぶやくと、ほかの犬たちがそばによってきて、顔をみあげた。どの犬も、目がどんよりしていて、やせて生気がない。でもヤタローは、その犬たちをよく知っているような気がしてならなかった。

――どうすれば外にでられるのだろう――

家のなかを歩きまわって、でられそうな所をさがした。

ふいに声がきこえたような気がした。

「ミンナ、ナンドモ、サガシテミタノヨ」

たしかにきこえた。でも、だれが、いっているのだろう。

あたりをみまわすと、また声がきこえてきた。

「ダケド、ドウシテモ、デラレナクテ、ソノウチニ、コンナスガタニナッタンダ」

「コノママダト、ヤッチャンモ、ソウナルヨ」

「ココニイルト、チカラガナクナルンダ。マルデ、チヲスワレルミタイニ」

「ドウセ、ミンナ、オヤニステラレタンダ。シンダッテ、ダレモカナシムモノカ」

――まるでテレパシーだ。だけど、ぼくの名前を知っているなんて、いったいだれだろう……それに出口は、どうやったらみつかるんだろう――

そのとき、うす茶の犬が顔をあげると、カーテンをみあげてワンワンほえた。みると、一匹の茶色い子ネコが、カーテンをつたって、窓のうえのほうにのぼっていく。

うす茶の犬は大きな目でヤタローをみつめ、それからまたカーテンのうえに目をやった。

――あそこから、でられるのかもしれない――

ヤタローは窓敷居に立って、桟《さん》に手と足をかけてのぼった。いちばんうえの桟に手がかかったとき、ふと手がガラスにさわった。そのとたんに、ガラスが外がわにはずれて、風が吹きこんできた。

思いきって頭をだすと、どうにか、でられそうだ。身をのりだして、そばの木の枝につかまった。体が外にでたので、その木につかまりながら地面におりると、カーテンをつたってのぼってきたネコも地面にとびおり、まるで案内するように、戸口につれていった。

戸口は、ぬめぬめと銀色に光る、ひものようなもので押さえてあった。それをはずさないと、ドアはあかないらしい。だけど、ひもは、両手でひっぱっても、しっかりとドアにくっついていて、はずれない。よくみると、家全体が、透明な糸のようなもので巻かれていて、月の光に、まるでなにかのまゆのように、銀色にひかっている。

「チクショー！」

ヤタローは思いっきりドアに体当たりしたが、ドアはびくともしない。だが体当たりしたはずみで、なにかがポケットから落ちた。みると、さっきのカッターナイフだ。

ヤタローはそのナイフをひろうと、力いっぱいひもにあてた。ひもは何本もの細い糸をよりあわせた丈夫なもので、それが刃にからみついて、なかなか切れない。それでも、なんども力をいれて刃をあてていると、やがて少しずつ細くなって、そのうちに、ぷつんと切れた。だけど、まだ何本かがドアにからみついている。

ヤタローは、その一本一本にナイフをあてて、細くなったのをたしかめると、力いっぱいドアに体当たりをした。

ドアが勢いよくあいた。

あやうくなかに転げこみそうになったとき、犬たちがとびだしてきた。そしてヤタローにとびつくと、うれしくてたまらないというように、ほえながら、走りだした。ヤタローはあわててあとをおった。うす茶の犬も、茶色いネコを背中にのせて走りだす。ドアが風に吹かれて閉まる大きな音がした。

ワンワン、ワンワン

夜の町を、犬たちは大声でほえながら、走りまわった。そして家々のまえで、ひときわ大声でほえたてたが、どの家も起きる気配がなかった。犬たちは悲しそうにしっぽをたれた。

ヤタローは考えていた。

——こんな夜更けに、どこにいこう。みんながとまれる所。それに、なにか食べものがある所——

財布をとりだすと、金がたくさんはいっている。いつのまに、こんなにいれておいたのだろう。でも、これだけあれば、パンでも弁当でも、みんなに十分たべさせられる。

とりあえず一軒だけあいているコンビニにはいると、弁当と飲みものをもってレジにいった。

レジにはだれもいない。しばらくまっていると、店長がふきげんな顔で、カウンターのしたから起きあがって、金をうけとった。

その手をみて、ヤタローはびっくりした。透明な糸のようなものが、ぐるぐる巻いてあるのだ。その手で品物を袋にいれて、おつりをよこした。

「あの、手になにかついていますよ」

「え？　なんにもついていませんよ」

店長はふきげんにこたえて袋をわたすと、あくびをしながら、またカウンターのしたでよこになった。

みると、レジにも、透明な糸のようなものが巻きついていて、商品にも、やっぱり巻きついている。

ヤタローは気持ちがわるくなったが、いそいで犬たちのところにもどり、弁当をあけてたべさせようとした。ところが、犬たちはにおいをかぐと、そっぽをむいて、たべようともしない。ネコはそばによろうともしない。

「しかたがない。ひとりでたべよう」

はしをとって、ごはんを口にいれようとすると、とつぜん、うす茶の犬が体当たりをして、弁当を地面に落とした。

「なにするんだよう。もったいないじゃないか」

おなかがすいていたので、ひろってたべようとすると、弁当を前足でふんづける。

ヤタローはあきらめて、バス停のそばの歩道橋のしたにいって、よこになった。風が強く吹いていたが、犬たちがいっしょなので、寒くはなかった。朝になったら、パパのスーパーにいって、なにか買ってたべよう。

つぎの朝はやく、ケンはN町行きのバスにのった。父さんの墓参りだ。線香とマッチは、風が吹いてもだいじょうぶなように、多めにカバンにいれてある。

バスが町に近づくと、なつかしさで胸がいっぱいになった。ヤタローもヨシも、みんなどうしているだろう。あのふしぎな手品師に会ったときは、楽しかったなあ。あれから、だれにも会っていないけど、みんな元気かなあ。

窓に顔をくっつけるようにして、外をみた。

バスが森をぬけて、町をかこむ畑に近づくにつれて、風景がいつもとはちがうような気がしてきた。

町全体がなにかに包まれているように、灰色にみえたのだ。畑だって、いまごろは、キャベツや白菜が植えてあって、うねも耕してあるはずなのに、草ぼうぼうだ。

あたりの家は、まえは小さい家ばかりだったのに、今は、大きな家が立ちならんでいる。それなのに、まわりはゴミだらけ。母さんもいっしょにきたがったけど、こなくてよかった。こんなに変わっているのをみたら、がっかりするにきまっているもの。

ケンは、もといた家の二駅てまえでバスをおりた。そこからお墓まではだいぶ距離があるが、ひさしぶりに町を歩きたかった。町はひどくよごれていて、商店のまえでは、カラスが群がってゴミをあさっている。

しばらく歩いて交差点にさしかかると、そばの歩道橋のしたの、風で吹きよせられたゴミのなかに、ひとりの少年が、犬たちと体をよせあって、ねているのがみえた。のぞきこむと、少年がぼんやりと目をあけた。

「ヤタロー、ヤッちゃんじゃないか。こんなところでなにしてるのさ！」

少年はおどろいたように顔をあげた。

「あ、ケンちゃん」

よろよろと立ちあがると、犬たちもよろよろと立ちあがった。

ヤタローをみて、おどろいた。あんなに元気だったのに、どことなくやせて、顔色がわるいのだ。

「ねえ、どっかわるいんじゃないか。それに、どうして朝っぱらから、こんなとこに、ねてるのさ」

するとヤタローはさびしそうに笑った。

「パパもママも、ぼくのことがわからなくなってさ、家をおいだされたんだ。それで、いくとこがなくて、ここにいるんだけど、昨日からなんにもたべてないんだよ。寒いし、はらがへったよ」

ケンは、もってきたおにぎりをさしだした。

「じゃあ、これ、たべなよ」

ヤタローは、目をかがやかせて受けとろうとしたが、犬たちがみているのに気づいて、首をふった。

「ありがとう。けど、おまえの分がなくなるだろ。それに犬もはらぺこだし……わるいけど、なにか買ってきてくれない」

そういって財布をとりだすと、なかから千円札をとりだした。

それをみて、ケンはぞっとした。札いちめんに、黒いクモがはいまわっているようにみえたのだ。

「やめてくれ！　これはいらないよ！」

思わずさけんで、金を地面に投げた。

「なんで、そんなことするんだよう！」

ヤタローはおこって、ケンのむなぐらをつかんだ。

「わるいけど、気持ちがわるいんだよ」

「どこがだ！」

ヤタローはお札をひろいあげて、ケンの目のまえでひらひらとふると、むりやり手ににぎらせた。

「この金のどこが、気持ちわるいんだ。受けとれよ！」

ケンは金を手にすると、ぞっとしてまたほうり投げ、思いっきりふんづけた。

「クモだ。クモがいるんだよ！」

ヤタローは、うたがうように札をのぞきこんだ。すると、どこからあらわれたのだろう、無数の黒いクモが、札のなかから、わくようにはいだしてくるのがみえる。思わず財布をほうりだすと、千円札がばらばらと落ちた。みると、どの札にも、クモの姿がありありとみえる。

「ワーッ、たすけてくれーっ！」

ヤタローと犬たちがにげだすと、クモはケンの足もとにあつまってきた。踏んでもふんでも、札のなかから、わくようにでてくる。そして手に持ったカバンにのぼりはじめたとき、ケンはふと思いついた。

——そうだ、マッチがあった。あれで燃やしてみよう——

いそいでマッチをとりだして、札と線香に火をつけた。

札はじりじりと音をたてて燃えた。すると、ふしぎなことに、そばにいたクモたちも、札に吸いこまれるように燃えていったではないか。

残った札に線香で火をつけると、ぶすぶすと煙をだして燃え、やがて大きな炎をあげて燃えあがった。そのとたん、炎のなかに、無数のちいさなクモの影がうかびあがり、炎とともにきえていった。

「おおい、もうだいじょうぶだ、こいよ！」

ケンの声に、ヤタローが、犬たちといっしょにおそるおそるやってきた。

「クモは、もういなくなったよ」

ヤタローは、おどろいたように札の燃えかすをみつめた。犬たちも、くんくんとにおいをかいでいる。

ふとみると、ヤタローの顔色がさっきよりもよくなって、犬たちの動きも活発になってきたようだ。

「ぼく、家にかえりたい。パパとママが心配なんだ」

ヤタローがそういったとき、燃えかすのしたから、クモが一匹はいだしてきて、足にのぼろうとした。

「ヤッちゃん、あ、クモ！」

だれかの声がした。ヨシの声みたいだ。みまわしても、ケンとヤタローのほかには、ネコを背中にのせたうす茶の犬と、黒い犬たちしかいない。

クモはするすると、ヤタローのズボンから上着のポケットにのぼろうとしている。ヤタローが思わずポケットに手をつっこむと、一万円札が手にふれた。つかんでほうり投げたとたんに、クモはその札のなかにもぐりこむようにきえていった。

これをみたケンは、急いでマッチで火をつけた。札がじりじりとやけて、燃えあがった。たくさんのクモがうごめいているのがみえ、火がきえると、札といっしょにきえてしまった。

ケンとヤタローはほっとして、灰になった札をみた。

すると一匹の大きなクモが地面をはって逃げていくのがみえた。

そのときふいに風が吹いて、灰をまきあげた。クモはその灰にのって宙にうかび、風にのって飛んでいった。

その飛んでいく方をみると、一軒の小さな家が、にぶく銀色にひかっているのがみえる。

「あっ、あの家だ！」

ヤタローがさけんだ。

「あそこになにかある。いってみよう」

ふたりはいそいであとを追った。犬たちは動こうともしないで、ふるえている。

家のまえにくると、おどろいたことに、銀色に光っていたのは、家の外側をおおったクモの糸だった。ところどころに大きな黒いクモが、縞もようの腹をみせてぶらさがっている。

ケンとヤタローは、顔をみあわせてうなずいた。

ケンはマッチと線香をとりだして火をつけると、戸口の巣に近づけ、ヤタローも家の裏側にまわって、線香をクモの巣につけた。

巣はぶすぶすと音をたてて燃えていく。ふたりはそばの枯れ草をとって火をつけ、手当たりしだいに巣に火をつけた。

しばらくすると、火は大きくなって家全体をつつみ、やがて家そのものに燃えうつった。風が吹いて、家は枯れ木のように燃えあがり、火の粉が空を舞った。それなのに消防車はこない。

犬たちがそろそろとあつまってきたとき、とつぜん家が音をたててくずれ、そのとたんに、犬のすがたが消えて、あの茶色いネコをだいたヨシと、四人の少年たちの影があらわれた。

「ヨシ、ヨシじゃないか」

ケンがそういうと、影がうなずいた。

とつぜん町の方角があかるくなった。

「空が燃えているみたい」

ヨシのことばにおどろいてみあげると、たしかに空が炎につつまれている。

「こんなことがあるなんて」

と、少年の影のひとりがいった。


空はまるでカーテンが燃えるように燃えていて、やがて町のうえに火の粉をふらせた。火の粉は家々の屋根にふりそそぎ、やがて町のあちこちで火柱が立ちのぼった。家が燃えだしたのだ。

ヤタローとケンと五人の影は、町にむかって走りだした。

「火事だーっ！」

と声がして、人々が家のなかからとびだしてきた。

「110番、いや、119番だ！」

電話をする声がきこえたが、消防車はまだこない。

しびれをきらした人々はバケツで水をかけだした。

火の粉は雨のようにふりそそぎ、火の勢いはますますばかりだ。

「金だ！　財布はどこだ」

人々は燃えている家のなかにとびこんだ。

「お父さん、あぶない！　もどってきて！」

泣きさけぶ声がきこえる。

「財布をとってきたぞ！　これでだいじょうぶだ！」

無事にもどってきた人がさけぶ。

そのあいだにも火は勢いをまして、ヤタローのパパのスーパーにも、新しく建てかえたばかりの家々にも、役場にも、学校にも、うつっていった。

ようやく消防車がきたときには、町はすっかり炎につつまれていて、手のほどこしようがなくなっていた。


ようやく火がおさまると、人々は着の身着のまま、もとの自分の家にあつまってきた。

ヤタローのパパとママも、スーパーの焼けあとで、ぼんやりと立っていた。

「これで、うちもおしまいね。せめてパパには、このつぎの選挙でがんばってもらわないと……それにしても、お金がないことには、なんにもできないわ」

ママがしょんぼりつぶやくと、パパはポケットから大きな財布をとりだした。

「だいじょうぶさ。これさえあれば、いくらでもやりなおしがきくよ」

そういって、財布をあけて一万円札をとりだしたとたん、ギャッとさけんで、財布ごとほうりだした。

「なにをなさるの。もったいないじゃありませんか！」

あわててひろいあげたママも、キャーッとさけぶなり、まだくすぶっている火のなかにほうり投げた。

「ク、ク、クモがいっぱい！」

財布はぶすぶすと音をたてて燃え、やがてパッと燃えあがった。そのとたん、大きなクモの影がうかびあがって、炎とともにきえた。

「い、いまのはなんだ」

パパはふるえる手でママの肩をだいた。そのとき、とつぜん、ヤタローを思いだした。

「ヤ、ヤタローは？　ヤタローは、ぶじか！」

「ヤタロー？　たいへん！　あたくし、さがしてまいります」

ママは、焼けあとを、くるったようにはしりだした。

「ヤタロー！　ヤッちゃーん！」

ヤタローがスーパーのあたりにいくと、パパが焼けあとをうろうろしていた。

「パパ！」

近よろうとしたが、気がつかずに、がれきを手でかきわけながら、さけんでいる。

「ヤタロー、いるなら返事をしてくれえ！」

そこへ、髪をふりみだしたママがかえってきた。

「みつかったか！」

パパの声に、ママは消え入るような声で、

「いえ。でも遺体がないということは、どこかで生きているということですわ」

そういって、手で顔をおおって泣きだした。

ヤタローはたまらなくなってかけだすと、ふたりのまえで両手をひろげた。

「ぼく、ここだよ！」

ふたりは、ギョッとしたように顔をみあわせた。

「忘れたの？　ぼくだよ、ヤタローだよ」

その声をきいて、パパとママがとびついてきた。

「忘れたりするものか。だいじな、だいじな息子じゃないか」

そういって、だきしめた。ヤタローも泣きながら、ふたりにしがみついた。

「うちには、もうなんにもなくなったけど、おまえさえいたら、ほかにはなんにもいらないよ」

と、パパが焼けあとをゆびさしていうと、ママも

「お店や家なんて、はたらけば、また作れるわ。あたくしもがんばります」

そういって、涙をぬぐった。

――パパもママも、もとどおりになったんだ――

ヤタローは、ママの腕にもたれて気を失った。

スーパーのまわりもすっかり焼けていて、人々は自分の家のあったあたりで、茫然とたたずんでいた。

ヨシの父ちゃんと母ちゃんも、おんなじだった。

「もうなんにもなくなったね」

母ちゃんがぽつんというと、

「子どもまでなくなった。ヨシも死んだ」

父ちゃんが、ため息をついた。

「そんなこと、いわないでよ。きっと、どこかで生きているから。そう思わないといけないじゃないか」

「うん、あの子が死んだら、生きていても、つらいだけだもんな……」

「ヨシ、声がききたいよ。生きてるなら、返事をしておくれ！」

母ちゃんがさけんだ。

これをきいたヨシは、ふたりのまえにとびだした。

「あたし、ここだよ！」

いつのまにか、もとの姿にもどっていた。

父ちゃんと母ちゃんは、幽霊をみるような目でみつめていたが、とつぜん母ちゃんがどなった。

「どこにいってたんだい！　さんざん親に心配をかけて！　そんな子は、うちの子じゃないよ！」

そういうと、声をあげて泣きながら笑った。

「もう、どこにもいくなよ」

父ちゃんがヨシをだきしめた。ヨシはネコをだいたまま、父ちゃんの胸に顔をおしつけた。

「ふたりとも、あたしのこと思いだしてくれたんだ」

これをきいて、母ちゃんがまたどなった。

「どこの世界に、自分の子を忘れる親がいるもんか！　おかしなこと、いわないでおくれ！」

ヨシはほっとして、ポケットからネコをとりだした。

「だったら、このネコ飼ってくれる？」

母ちゃんは笑いだした。

「きたないねえ。そうだねえ、うちにはもうなんにもなくなったから、せめてネコでも飼おうかねえ」

そういいながら、涙をぬぐった。


ケンは少しはなれたところに立って、あたりをみていた。町はすっかり廃墟になって、どこの家のあとでも、親と子どもたちがだきあっている。あの四人の少年たちも、もとの姿にもどって、親たちといっしょにいる。

「りっぱな家があったような気がするけど、あれは夢だったのかなあ」

と、だれかがつぶやいた。

すると後片付けをしていた消防士も、つぶやいた。

「町が焼けるまで、はたらこうという気が、まったくおきなかったよ。とりかえしのつかないことをした……」

それをきいて、そばにいた女の人がなぐさめた。

「だれひとり、なんにもする気がしなかったのよ。家が焼けて、やっと、なにかしようという気がおきてきたの。ほんとに、今まで夢をみていたような気がするのよ」

「まったくだ。なにもかも燃えて、ようやく息子に会えたような気がする。それになぜか、今、やっと、頭がすっきりしたような気がするんだ」

と、煤で顔をまっ黒にした男がいった。

ケンはだまって立っていたが、ふとお墓参りを思いだして、ヤタローのそばにかけよった。

「もう遅くなったから、かえるよ。今からだと、お墓にはいけないから、またくるね」

するとヤタローは、

「おまえがいなくなると、さびしくなるなあ。だけどこんどきたら、かならずよってよ。それまでに家をたてておくから。きっとだよ」

そういって、ケンの手をにぎった。

ヤタローとわかれてしばらくすると、ヨシがネコをだいて、おいかけてきた。

「父ちゃんも母ちゃんも、おばさんによろしくって。それから、こんどきたら、ぜったいに家にとまっていってだって。今日はねる所を作らないといけないから、見送らないで、ごめんね」

そういってから、うれしそうに笑って、

「このネコね、うちで飼うことになったんだ。こんどきたら、すっごく大きくなっているよ」

そういって、ネコにほっぺたをおしつけた。


ふと空をみあげると、ここにくるときは、あんなに灰色だったのが、まるでおおいがとれたように、すっきりと、あかるく、かがやいている。ケンはひどく疲れていたが、足取りもかるくバス停にいそいだ。

道路にがれきが散乱していて、バスはなかなかこなかったが、人々はかいがいしく道をきれいにしていた。

あちこちで家族が焼けた木を組みたてて、ねる場所を作っている。家が燃えたなんて、そんなひどいことがあったのが、うそのように楽しそうだ。今夜は雨がふらないといいけど。

その数ヶ月後、ケンは、母さんといっしょに父さんの墓参りに、またN町をおとずれた。

町はだいぶ復興していた。

家々は前よりも小さくなっていたけど、どの家も、庭に野菜や花をうえている。

ヤタローのパパのスーパーはなくなって、今は小さな商店でママが店番をしていた。

「あら、ケンちゃん、きていたの。まあ、お母さまも。さ、どうか、よっていってくださいな」

ママがうれしそうに声をかけると、母さんも、なつかしそうに店にはいっていった。以前は、けっしてこんなことはなかった。うちが貧乏だというだけで、親しくする人もあまりいなかったのだ。

町の人たちがなつかしそうに声をかけてくれるので、母さんはすごくよろこんで、またこの町に住みたいといいだした。父さんとの思い出もたくさんあるし、お墓もあるから、よその土地にいて、さびしかったのかもしれない。

だけど、ケンは、むこうにも友達がいるから、どっちでもいいと思っている。


そのあとしばらくして、ケンはおかしなうわさを耳にした。

近くのK町に、黒い羽根をさした黒い帽子に、黒い上着、白と黒の縞のシャツに黒いズボンをはいた、のっぽの男が、笛をふきながらあらわれたというのだ。男は黒いネコを一匹肩にのせていて、なんでもふやせる、すてきな手品をしていたそうだ。

——だけど、たしか、あの時いっしょにいたのは、黒い犬だったと思うけど。黒ネコだとしたら、ちがう人かもしれないなぁ。だけど……

ケンはいつまでも首をひねって考えていた。

森にかえろう

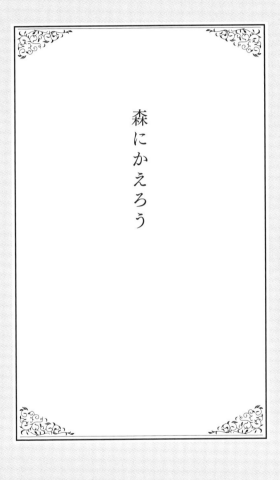

ある晩、大きなケヤキの木は、ふと目をさましました。いつもは、街灯や店の灯で明るい町が、きょうは、なぜか、まっ暗なのです。車も通らなければ、お月さまもみえません。

「まるで、ほんものの夜のようだ」

大きなケヤキの木がつぶやくと、その声がしずまりかえった町に、低くひびきました。

「むかしを思いだすなあ」

すこしはなれたケヤキの木がいいました。

「まったく。おいらも、ずっとむかしは、こんな暗やみのなかにいたもんだ……」

足もとで、だれかが小さな声でいいました。

「なんだ、ネコじゃないか。そういうけど、おまえさんは、この町でうまれたんじゃなかったかい」

たまたま通りかかったタヌキがいうと、しましまのノラネコは、むっとしたように、

「おいらのご先祖さまが、まだジャングルにいたときのことだい。そのころあ、トラだっ

て、ヒョウだって、親戚づきあいをしていたもんだ。だいいち、おまえさん、ジャングルってなんだか、しらないだろう」

「うん、しらないよ。でも、そのジャングラっていうのは、森みたいなもんだろ」

「ジャングラじゃない。ジャングルだ。まあ、だいたい、そんなもんだ。そこは、夜は気持ちよくまっくらでな、魚でも、肉でも、かんたんにとれるんだぜ」

「魚や肉もか！　かんたんにとれるだと！　なら、おらもジャングラっていう、森にいきたいな」

タヌキが舌なめずりをして、そういうと、

「あたしも。夜はまっくらで、ゆっくりねむれる所にいきたいわ……」

かどをまがった通りにたっている、サクラの木が、ためいきをつきました。

サクラは、いつも枝に電灯をつけられているので、夜になっても、明るくてねむれないのです。おまけに、夏は、足もとのアスファルトがいつまでも熱くて、苦しくてたまらないのです。

そのとき、風が強くふいて、雲のあいだから、お月さまが顔をのぞかせました。あたりが急に明るくなって、木や草のにおいが、風にのってただよってきます。

「森と野原のにおいよ。なんて、なつかしい」

「なつかしい」

「なつかしい」

ケヤキの根もとにうえられたツツジたちが、ざわざわと体をゆすりました。

「そうだ、みんな、森にかえろう！」

大きなケヤキがこういうと、サクラも、

「サンセーイ！　あたし、一度でいいから、山にいって、ヤマザクラさんに会いたかったの。そりゃあ、きれいだって、お母さまがいってらしたわ」

すると、ノラネコが、目を金色にひからせて、大声でいいました。

「ジャングルが遠いんなら、おいら、山でも野原でも、どこにでもいくぜ。さ、みんなもいこう！」


それをきいて、大きなケヤキの木は、さっそく土のなかで足をふんばると、太い足をひっぱりあげました。それから体をひねって、もうひとふんばりして、また太い足をもう一本ひっぱりだすと、おやおや、もう一本ほそい足がでてきたじゃありませんか。

「あれ、ぼくは、足が三本あったんだ」

大きなケヤキの木は、てれたように笑うと、となりの木のそばにあるいていって、足を地面からひっぱりだすのをてつだいました。となりの木は、アスファルトをバリバリいわせて足をひきぬくと、そのとなりのケヤキのてつだいです。

こうして街路樹たちは、つぎつぎと道路にたちあがりました。いつのまにか、お月さまが雲のあいだにかくれて、町はまたまっ暗です。

みんなが地面のうえにたつと、出発です。

ノラネコは、先頭の大きなケヤキの枝にすわり、街路樹たちは一列になって、足をふみしめて、あるきだしました。はじめはゆっくりと、それからすこし早く。

ああ、自分の足であるくのは、なんて気もちがいいのでしょう。木たちは、思わずうたいだしました。

あるくのは、あるくのは、
ああ、ほんとに　いいきもち
森にかえろう　山にかえろう
木や草のふるさとへ

鳥やけものの　ふるさとへ
ぴかぴかひかる　お月さん
てっても、くもっても　いいきもち
あるいていこう　どこまでも
ああ、エイ、ヘイ、ヘイ
ヘイ、ヘイ、ヘイ

その声をきいて、家々から、犬やネコたちがとびだしてきて、行列にくわわりました。

行列がちいさな家のまえを通りかかると、家のなかで、子ネコが、へやの戸をがりがりとひっかいていました。

「あけて、あけて」

マーちゃんが目をさましました。

「ミー、おしっこ？」

でも、ミーはなんにもいわないで、がりがりひっかくだけです。

マーちゃんは、となりのへやでねている、ママをおこしました。

「ママ、ミーがおしっこだって」

でも、ママは、うーんといってよこをむくと、また、ぐっすりねてしまいました。

しかたがないので、マーちゃんは、ベッドのそばの窓を、ちょっとだけあけました。

「おしっこしたら、かえってきてね」

ところが、ミーはとびだしたきり、かえってきません。

心配になって、外をみると、お月さまの光にてらされて、なにかが、ザワザワという音とともに、ゆっくり、ゆっくり、うごいています。そのとき、かすかにネコの声がしました。

「ミーだ！」

マーちゃんはベッドのうえにたちあがると、思いきって、窓からとびおりました。


ドシン！


「いたいっ！」

おしりをぶつけて、泣きそうになったとき、

「しーっ、しずかに」

という声が、あたまのうえから、きこえました。

みあげると、ミーが、しましまのネコとならんで、大きなケヤキの木の枝に、すわっているではありませんか。

おどろいてみていると、ふいに、大きなケヤキの木が枝をのばして、マーちゃんをひろいあげました。それから、また、ゆっくりと、みんなのまえをあるきだしたのです。

マーちゃんは、ミーをひざにのせました。

まだあかちゃんだから、ぼくがだいていないといけない、と思っていたからです。


木たちは、またうたいだしました。

いこう、いこう、
みどりの　森へ、花さく　野原へ
さかなや　カエルのすむ　川へ
ウサギや　キツネのいる　山へ

木たちといっしょに、犬やネコも、うたっています。

マーちゃんも声をはりあげました。

カブトムシや　クワガタや
セミも　トンボも　いる　山へ
なんでも　かんでも　とってこよう！

すると、木のあいだで、虫たちがさわぎだしました。

「ぼくたちをとるだって？　なんでもかんでも、とるだって？」

「ケヤキさん、この子をふりおとしてよ！」

「森についたら、あたしの針でさしてやるわ！」

ハチがそういったので、マーちゃんがこわがって泣きだすと、ノラネコが、

「まっ、まっ、こんなガキのいうことなんか、気にしないで、気にしないで」

ミーもつづけました。

「おにいちゃんは、とってもいい子なのよ、ちっともこわくないんだから」

これをきいて、虫たちは安心して、また静かになりました。

しばらくすると、ノラネコが、そっとマーちゃんにいいました。

「おいらだって、ほんとうは、さかなや、カエルをとりにいくんだ……できたら鳥も」

さいわい、さかなも、カエルも、行列にはくわわっていないし、鳥たちはねむっています。

「はやくウサギやキツネを、おいかけたいね……」

犬たちが、ひそひそ声ではなしています。


木たちは、ねしずまった町を、静かに、ゆっくりあるいていきました。


やがて、町もすぎて、遠くに、森のかげが黒々とみえてきました。

木たちはよろこんで、足をはやめました。

森だ、山だ　草原（くさはら）だ
みどりしたたる　ふるさとだ
それゆけ、やれゆけ、ホーイ、ホイ

木たちは、まるでゾウのむれのように、地ひびきをたてて、すすんでいきます。

マーちゃんは、ミーをひざにしがみつかせて、自分もしっかりと、枝にしがみつきました。

行列は、遠くの黒い森をめざして、どんどんすすんでいきます。

ところが、いつまでたっても、森にはたどりつけないで、小山のようなビルが、つぎつぎとあらわれるばかりです。

「もしかしたら、森だと思ったのは、このビルだったのかもしれないなあ」

大きなケヤキがつぶやくと、ノラネコも
「おいらも、そんな気がする。くいもののにおいがしないもの。森や山なら、リスやネズミのにおいがするはずだろ」

これをきくと、街路樹たちは枝をたれて、たちどまりました。

「あたし、つかれたわ」

サクラがつぶやくと、ツツジたちも
「つかれた、つかれた、つかれた……」

と、体をゆすりました。

けれども、大きなケヤキは、なんにもいわないで、ゆっくりとあるきつづけます。

「ぼく、へいきだよ。森にいくんだもん」

そうマーちゃんがいうと、ミーも
「そうよ、あたしも、山の森で、おかあちゃんにあうの」

と楽しそうにいいました。

ミーは、まだ目もあかない赤ちゃんのころ、山道で、マーちゃんのパパにひろわれたのです。

ふたりのことばに、大きなケヤキはうなずきました。

「日がのぼるまえに、森につかないといけないね」

それをきいて、みんなは、また、そろそろとあるきだしました。お月さまは、ゆっくりと、西の空にむかっています。

「そうよ、そうよ、あたしたちだって、森や山で、思いっきり手足をのばして、やすみたいわ」

「そうよ、そうよ、そうして山じゅう、赤やピンクの花で、きれいにかざりたいわ」

「そうしましょ、そうしましょ、かざりましょ、かざりましょ」

ツツジたちが、気をとりなおして、こういっても、みんなの足どりは、おそくなるばかりです。

むりもありません。だれひとり、自分の足で、あるいたことがなかったのですから。

マーちゃんは、一生けんめいに、目をあけていました。だけど、だんだん、まぶたがおもくなって、そのうちに、こっくり、こっくり、いねむりをはじめました。

ミーも、ひざにしがみついたまま、ねむっています。

そのとき、ノラネコの声がひびきました。

「みんな、おきろ！　おきて、森にいくんだろ！」

木たちはうなずいて、また、のろのろとあるきだしました。なかには、ねながら、あるいているものもいます。

ようやく町はずれの原っぱにたどりつくと、大きなケヤキがいいました。

「ここで、ひと休みしよう」

一行はその場でたちどまりました。

犬やネコたちは、木のしたで、まるくなったり、のびをしたりしています。

「フワ〜」

ふいに、一本のケヤキが、手をのばして、あくびをすると、バタンとたおれて、ねてしまいました。すると、ほかのケヤキたちも、つぎつぎにたおれて、ねてしまいました。

「みんな、おきろ！　このままねたら、お日さまに根っこをやかれて、死んでしまうぞ！」

ノラネコと、大きなケヤキが声をはりあげると、何本かのケヤキたちは、どうにか体をおこしてたちあがりましたが、ほかの木たちは、よこになって、ぐっすりねむったままです。

「しかたがない。もうすこしまつとするか……」

大きなケヤキが低い声でつぶやいたとき、とつぜん、どこかでニワトリの声がしました。


コケコッコー！


「いけない！　いそがないと、森につくまえに日がのぼるぞ。みんな、おきろ！」

大きなケヤキはこうさけんで、またあるきだしました。

たっていたほかのケヤキたちも、いそいであるきだそうとしました。

そのとき、とつぜん、まっ黒な雲がわきあがって、はげしい風がふきつけました。

風はゴーゴーと音をたてて、木々を根もとからもちあげ、空にふきあげました。

さいしょに、ツツジたち、つぎに、ねていたケヤキたちがふきあげられて、くるくると空をとんでいきました。

マーちゃんは、ミーをだいて、足で大きなケヤキの木の枝にしがみついていましたが、やっぱりふきとばされて、暗い空を、とんでいきました。

大きなケヤキは、弓のように体をまげ、足をふんばって、たっています。

風は、波のように、つぎつぎとおしよせてきて、あたりは木や、草や、動物たちのさけび声でいっぱいになりました。

「おねぼうさん、おきなさい。もう朝ですよ！」

だれかに体をゆさぶられて、マーちゃんは目をさましました。

へやのなかは、すっかり明るくなっています。

マーちゃんは、ミーをおこそうとしました。ところが、ミーは、どこにいったのか、そばにいません。

マーちゃんは、あわてました。

「ミーは、どこ？」

すると、ママが笑って、

「いま、ミルクをのんでいますよ。いい天気だから、朝日をいっぱいにいれましょうね」

そういって、窓をあけると、おどろいてさけびました。

「あらー、どうなってるの？　ケヤキの木がなくなっている！　あらっ、あっちの木も、こっちの木も。きのうは、たしかにあったのに」

ママは、いそいで、げんかんにいきました。

マーちゃんも、パジャマのまま、とびだしました。

外にでると、ケヤキの木がたおれて、道をふさいでいます。

たおれているのは一本だけではなくて、ほかにもなん本か、あちこちにたおれています。

おまけに、木がうわっていた舗道には、大きな穴があいていて、アスファルトがもりあがったり、くずれたりしているではありませんか。


近所の人たちがあつまって、こんなはなしをしていました。

「いったいだれが、こんなひどいことをしたんだろう」

おとなりのおじさんがこういうと、そのおとなりの家のおねえさんが、

「もしかしたら、ゆうべ、この道路にだけ、突風がふいたのかもしれませんね。だって、ほら、むこうの通りは、なんでもないでしょう」

するとと、むかいの家のおばさんが、

「でも、ゆうべは、おだやかな夜だったような気がするけど。そんな風がふいたなんて、ちっとも気がつかなかったわ。あらっ、あそこにあった、大きなケヤキもなくなっている！」

これをみて、その家のおとなりのお兄さんが、

「ツツジがなんでもないのに、サクラの木がなくなっているなんて、おかしいなあ」

みんなが、ガヤガヤはなしていると、とつぜん、小さなネコの声がきこえました。

ミー……

「あっ、ミーだ。ミーちゃん、でてきちゃいけないよ。車にひかれるよ」

マーちゃんは、あわててミーをだきあげました。

すると、ママが、

「マーちゃんも、パジャマで外にでてはいけませんよ。かぜをひくでしょ」

そういって、マーちゃんの手をとって、いそいで家につれてかえりました。

まもなく舗道には、また新しい木がうえられました。

たおれて道をふさいでいた木のなかには、もとの場所に、うえなおされたものもありましたが、大部分の木は弱っていたので、新しいものと、とりかえられました。

新しい並木がそだっていくと、人々は、この日のできごとを、だんだんわすれていきました。

そのうちに、どこからともなく、町はずれのどこかに、いつのまにか、ケヤキや、サクラの、小さな森ができていたという、うわさがきこえてきました。

なんでも、その森には、とても大きなケヤキの木があって、たくさんの鳥や、虫や、動物たちがあつまっているということです。

そこでは、木はみんな、しっかりと地面に根をはっていて、しましまのネコや、犬や、タヌキもすんでいるそうです。

だけど、どういうわけか、魚もカエルもいないらしいのです。もしかしたら、池がないのかもしれませんね。

マーちゃんも、このうわさをききましたが、今では、すっかりサッカーにむちゅうになっていて、そんなことには、ぜんぜん、きょうみがなくなっていたということですよ。

海鳴り

だんまりじいさんは、今夜も、しんばり棒をかいに戸口にいった。これは、もう三十年あまりもつづいている習慣だった。

じいさんは、ほんとうは幸吉という名前なのだが、三十年あまりまえの夏に、この海辺の村にあそびにきて、八つになる洋一くんと、五つになったばかりのみな子ちゃん、それに奥さんのみずえさんを、海で亡くしてしまった。

それ以来、だれとも口をきかなくなったので、村人たちは、名前ではなく「だんまりや」と呼んでいた。それが、時をかさねるうちに、次第に「だんまりじいさん」に変わっていったのだ。

幸吉は、三人が死んでからというもの、気がぬけたようになって、町にある家も店も弟にゆずり、いろりのある家に住んでみたいという子どもたちのために借りた、この小さな家に住んで、いつもなにかをさがしまわるように、浜辺をうろうろと歩きまわったり、じっと沖をみたりして暮らしていた。

「まだ働きざかりだというのに、きのどくになあ。家族をなくして、頭がおかしくなったんだべ」

村人たちは、はじめのうちは、同情して、はなしかけたり、魚や畑でとれた野菜をとどけたりしていた。しかし幸吉はそっぽをむいて返事をしないばかりか、戸にしんばり棒をかって、だれもなかにいれようとしなかった。

それでも、ときには、みそや米といった食料品を買いに町にいくことがあったが、必要なことをすませると、あとはまた家にこもって、海をみたり、浜を歩きまわったりして暮らしていた。

こんなふうに、あんまり長いあいだ人とつきあわなかったせいで、年よりもずっとふけて、髪もひげも伸びほうだい、顔だってしわだらけだ。おまけに、たまに、だれかが声をかけようものなら、眉間にしわをよせて、知らんぷりをするか、うつむいて足早に通りすぎていく。

だから村人たちは、よっぽどの用がないかぎり、はなしかけなくなり、「疫病神」といって、姿をみただけで遠回りをするようになった。だけど、じいさんは、そんなことはまったく気にしなかった。

そのうちに、この家を買いとって必要なものを送ってくれていた弟も、手紙をよこさなくなった。
じいさんは、もうほんとにひとりっきりになって、浜で貝や海藻をひろったり、家のまわりの小さな畑をたがやして野菜をうえたりしながら、じっと波の音をきいていた。

ある風の強い夜のことだ。じいさんはひどい風邪をひいて、しんばり棒をかいにいくのがおっくうになった。六畳の部屋と、いろりのある居間、えんがわ、それに台所をかねた土間だけの小さな家なのに、戸口までいこうとして体をうごかすと、手も足もぎしぎしと痛み、はげしい咳で胸が苦しくなるのだ。
――つらい……こんなふうに生きていくくらいなら、死んだほうがましだ……だけど、みずえも、洋一も、みな子も、みんな苦しんで死んだんだ。それを思えば、自分だけらくをするわけにはいかない……苦しくても、がまんして生きていかなければならない――
じいさんはそう自分にいいきかせて、遠くにひびく波の音に耳をすませた。

ドーン、ドドーン、ドーン、ドドーン…

波の音は暗い空に重くひびいた。

——こんなふうに生きるのが、自分にできる、たったひとつの罪ほろぼしだ。私のわがままのせいで、みんなが苦しんで死んだ。だから、私も、死ぬまで苦しまなければいけない……そうとも……生きていくのがつらいのなら、そのつらさをかかえて、生きつづけることだ……。

そうつぶやきながら、熾火《おきび》に灰をかぶせると、となりの部屋にいって、冷たい布団にもぐりこんだ。

夜中にふと目をさますと、居間がほんのり明るんで、いろりの火がかすかに燃えている。

——おかしいな、灰をかぶせておいたはずだが……

もういちど熾火に灰をかぶせると、布団をかぶってよこになった。こうすれば、朝まで火がもって、少しはあたたかくなるからだ。

明け方、目をさますと、体は少しらくになっていたが、のどやふしぶしがまだ痛む。

——このぶんだと、今日も、一日ねていなければいけないのか……薪は大丈夫だろうか——

不安になって土間をみると、薪の束が三つ、それにバラにしたのが二本あるだけだ。この寒さでは、長くても二日しかもたないだろう。今年は、思ったよりも早く寒さがきた。早く熱をさげて、山に木をとりにいかないと。

じいさんはそろそろと起きあがって、いろりのそばにすわった。燠火がまだのこっていて、部屋のなかは思ったよりもあったかい。

――しまった。むだに薪をつかってしまった――

あわてて土間をみると、薪の束はやっぱり三つあって、いろりのそばにはまだ二本ころがっている。よかった。これで今日はなんとかしのげる。じいさんは水を一杯のむと、また布団にもぐってよこになった。

パチパチとたきぎのはぜる音に目をさますと、となりの部屋から灯りがもれて、もう夜になっていた。

――あれ、どうしたのだろう。たしかに灰をかぶせておいたのに……ねぼけて薪をくべたのかなあ――。

たしかめようと思って、ふすまをあけると、うす暗い部屋に、影のようにだれかがすわっている。

「だれだ」

影がふりむいた。せなかをまるめた、白髪の、やせたおばあさんだ。

おばあさんはじいさんをみると、あおざめた顔で、なつかしそうに笑った。ふしぎなことに、笑うといっしゅん若々しくなって、あたりが明るくなるようだ。

「ああ、やっと起きましたね」

どこかできいたような声だけど、思いだせない。

「あんた、いつ、どっからはいってきた」

ぶっきらぼうにたずねると、土間のさきの戸口を指さした。

「あそこから。ほら、しんばり棒がかっていなかったでしょ。ひさしぶりに、あったまりたくなって」

「かってに、ひとの家にはいらないでくれ」

「まあ、ごあいさつだこと。ここは、私の家でもあるんでしょ」

おかしそうに笑ったので、むっとしたが、なぜだか、いやな気はしなかった。

「あんた、いったい、どこのだれだい」

いつものように、眉間にしわをよせてきくと、おばあさんは、さびしそうにこたえた。

「忘れたの。私ですよ。みずえ、あなたの奥さん、あなたの愛ですよ」

「みずえ、だって?」

「ええ、みずえ。あなたに会いに、いつもここにきていたのですよ。それなのに、あなたったら、いつきても、しんばり棒をかっていたじゃありませんか。だから、今まではいれなかったの」

「うそつけ。みずえは、もう三十年以上もまえに死んだんだ」

「子どもたちといっしょに？　でも、私は生きているのよ」

じいさんは、顔色をかえた。あの思い出がよみがえったからだ。


あの日、幸吉は、みずえと子どもたちをのせて、船で沖にでた。

きっとよろこぶと思っていたのに、子どもたちは、海にでるのをいやがった。それどころか、浜にすわりこんで、いかせないでと、泣きわめいたのだ。

「どうしたんだ、いこうよ。ほら、こんなに天気がいいし、海もきれいじゃないか。沖にでたら、魚がたくさんつれるぞ」

「いやだ！　女の人がよんでるもん。いきたくない」

「バカなことをいうんじゃない。夢でもみてるのか」

「だって、みどり色の髪の長い女の人が、青いきものをきて、おいで、おいでって、よんでるんだ。こわいよ、いきたくない、いかせないでーっ」

洋一もみな子も浜にすわりこんで、どうしても動こうとしない。

幸吉はふたりをなだめたり、すかしたりしていたが、とうとう腹をたてた。

――たった四日の休みをとるのに、どれだけ苦労をしたか、わかっているのか。おまえたちのよろこぶ顔がみたいばっかりに、いろりのある家を借りて、船まで借りたんじゃないか。あしたの夕方には町にかえって、あさってからは、また仕事なんだ。それなのに、こんなつまらないことで、だだをこねるなんて。たまには私も楽しませてくれ――

「さあ、もうわがままはやめて、出発しよう」

すると、みずえが、思いきったようにいった。

「子どもたちが、こんなにいきたがらないんじゃありませんか。だったら、私もいきません。どうしてもというのなら、あなたひとりで、いってらしたら」

幸吉はむっとした。どいつもこいつも、勝手なことばかりいって。

「だめだ。決めたら、そのとおりにするんだ」

力づくで、みな子と洋一をかかえると、みずえが腕にとりすがって引きはなそうとした。

「じゃまするな。決めたことはやるんだ」

妻をつきとばして、子どもたちを船におしこんだ。みずえも、とうとうあきらめた。

「さ、いくぞ」

幸吉は勢いよくエンジンをかけた。しかし、洋一とみな子は、おびえたように抱きあってすわり、みずえは、そばでそっぽをむいている。

幸吉は、かまわずに船を沖にすすめた。

風のない、おだやかな日だった。

エンジンをとめて洋一にさおをわたし、きげんよく釣りのしたくをしていると、ふいに洋一がさけんだ。

「パパ、にげよう！　青いひとがくる！」

おどろいて沖をみると、遠くに小さく、黒い雲がみえる。

「なんにもないじゃないか。パパがいるからだいじょうぶだよ」

「かえろうよーっ！　こっちにくるーっ」

みな子も泣きだした。みずえはあおい顔をして、ふたりを抱きしめた。


雲は、黒いすじのように上にのびていき、たちまちまっ黒にひろがって空をおおった。風がはげしくなった。

幸吉はいそいでエンジンをかけると、船を港にむけて全速力で走らせた。海が鳴って、空は夜のようにまっ暗だ。

「はやくーっ、つかまるよーっ！」

洋一とみな子がさけび、みずえはふたりのうえにおおいかぶさった。防波堤がみえてきた。あと少しだ。

風が音をたてて船をゆする。幸吉は歯をくいしばってアクセルをふんだ。

とつぜん前方に、黒い壁のような波がそそりたった。船が波にぶつかる！　そう思った瞬間、波はまるで大きな手でもむように船をぐるぐるとまわし、四人はあっというまもなく波間にほうりだされた。

「洋一ーっ！　みな子ーっ、みずえーっ！」

幸吉はありったけの声でさけんだが、あたりはまっ白に牙をむいた波のほか、なんにもなかった。

そのとき、浮輪が目にとびこんだ。反射的につかまえた。波が体におそいかかる。

どのくらい時がたったのだろう。気がつくと、幸吉は海岸の道路によこたわっていた。おぜいの男たちが顔をのぞきこんでいる。

「気がついたぞ」

「いかったなあ。それにしても、ずいぶんと気味のわるい波だった。まるでこの人だけをねらっているように、船をゆすっていたハで」

「んだ。おらも長年漁をしているが、こったにへんてこな天気は、はじめてだ。船がしずまなかったのが、ふしぎなくらいだで」

幸吉はわれにかえった。

「みずえは？　子どもたちは、だいじょうぶか！」

「奥さんと子どもさんがいたてか？　みなかったど」

幸吉は、はじかれたように立ちあがった。

「みずえーっ！　よういちー、みなこーっ」

狂ったようにさけんで海にとびこもうとすると、男たちが強い力で体をおさえた。海はまっ白にあわだち、波がにぶく音をたててひびく。


その晩、幸吉は、入り口の戸にしっかりとしんばり棒をかって、雨戸をしめて閉じこもった。心配した村の人たちが戸をたたいても、部屋のすみにうずくまったまま、身動きひとつしない。つぎの日も、そのつぎの日もおなじだ。

しばらくすると、町から弟がきて、三人のとむらいをしに海にさそった。しかし、幸吉は戸もあけずに閉じこもったままだ。村人たちは、なんとかして戸をあけようとしたが、内側からしっかりとしんばり棒をかい、ありったけの物でふさいでいるので、どうにもできない。

弟はあきらめて、家を借りなおす手続きをして、町にかえっていった。幸吉はそのあいだずっと、暗い部屋のすみにうずくまって、自分を責めていた。

目をとじると、みずえと子どもたちの笑い声がきこえる。そのあとにはきまって、行かせないで、と泣きわめく洋一とみな子の姿が目にうかぶのだ。

――ごめんよ。ほんとうにパパがわるかった。自分のことばっかり考えて、おまえたちを死なせてしまった。あんなに泣いてたのんでいたのに。ほんとうに、ほんとうに、ごめんよ――

うなだれて、そうつぶやいていた。

――だけど、私にはおまえたちをとむらったり、あやまったりする資格はないんだ。ママだって、あんなにおこっていたじゃないか。だから、私は、もうだれを責めることも、だれにゆるしをもとめることもできない。一生みんなを殺した罪をせおって、苦しんで生きるしか、罪をつぐなう道はないんだ……

海鳴りの音が、耳のなかでひびく。

ふいに、おばあさんが口をひらいた。

「ねえ、もうそんなに自分を責めるのはよしなさいよ。私がいることを忘れないでくださいな」

「あんたがいるからって、それが私になんの関係がある」

「いいえ。あの晩、私は、すぐにもどってきたの。あなたのことが心配で。なのに、あなたったら、戸をぴったりしめて、だれもなかにいれようとしなかった。真っ暗ななかにうずくまって、闇ばっかりみつめていて。きっとつらくて、心がすっかり凍えてしまったのね」

幸吉は眉間にしわをよせた。

「そのくせ、その心を、だれかにあたためてもらいたくて、いつも私をよんでいたじゃないの。だから毎晩きていたのに、いつもしんばり棒をかって、戸をしめきったたまんまだった」

おばあさんはため息をついて、つづけた。

「私はなんども戸をたたいて、あけて、あけてっていったのよ。それなのに、あなたったら、波の音ばっかりきいていて、私の声はきこうともしなかった。おかげで、もう三十年あまりも、外でうろうろしていたなんて、あんまりじゃないの」

「あんたが毎晩きていた？　それがなんになる。子どもたちが私をうらんで死に、みずえだってあんなに怒って死んだじゃないか」

おばあさんは、さびしそうに笑った。

「まだ信じてくれないの。よくみてちょうだい。みずえですよ。ほんとうに、み、ず、え。あなたの大好きな奥さんよ」

そういって、幸吉の顔をみつめた。

「こんなにやせて。それに、このぼうぼうの髪とひげは、なあに？　おまけに、眉間にたてじわまでつくって……あんなにおしゃれで、陽気で、子ぼんのうな人だったのに」

その声があんまり静かであたたかなので、幸吉は思わず目をしばたたいた。

「しかたがないさ。私のわがままのせいで、みんなを死なせてしまったのだもの。それなのに、自分だけが生きのこった。楽しい思いなんか、できるわけがないじゃないか」

声がうわずった。三十年以上ものあいだ、心の奥にとじこめておいた後悔と悲しみを、はじめて声にだしたのだ。

「そんなに自分を責めるのは、もうやめてね。子どもたちがかわいかったから、それで海につれていったのでしょう」

「うん……だけど、それなら洋一とみな子がいかないって泣いたとき、いかなければよかったんだ。だのに、私は、自分が楽しみたかったばっかりに……」

たまっていた悲しみが、せきをきったように腹のそこからわきあがってきて、肩をふるわせた。

おばあさんは幸吉のせなかをそっとなでて、静かにいった。

「いいことおしえてあげましょうか。ほんとうはね、ふたりとも生きているのよ」

幸吉は雷にうたれたように、おばあさんをみつめた。

「生きている、って、いったのか」

「そう。あの晩、ふたりともイルカたちと波のうえで遊んでいたの。私がみつけてそばにいくと、うれしそうについてきて、この家のまえまできたのよ。だけど、戸がしまっていて、あかないでしょ。それで、あきらめて、また海にもどっていったの。私もいっしょに」

「それは、それは、ほんとうかい」

「ええ、ほんとうですとも。どうして、私があなたにうそをつかなきゃいけないの。だって、私たちは夫婦じゃないの。夫婦は一心同体、私はあなた、あなたは私じゃありませんか」

おばあさんはつづけた。

「あの子たちは、あの晩だけでなく、毎晩ここにきていたのよ。ついさっきだって、あなたが目をさますほんの少しまえまで、そこまできていたのよ」

幸吉は目をかがやかせた。顔と口もとがゆっくりとゆるんで、こわばった笑みが顔いっぱいにひろがった。あの日いらい、笑ったのは、今夜がはじめてだ。

「あんたがだれかは知らないが、私は子どもたちを殺さなかった。そうだね。もういちど洋一とみな子にあえるんだね」

いろりの火が、赤々と燃えあがった。

「ええ、ええ、あなたが戸を広くあけて、子どもたちのことを思いだしさえすれば」

声が小さくなっていった。

「子どもたちとみずえのことを、忘れたことなぞあるもんか。あけておく、広く、ひろく、あけておくとも」

幸吉の声が、だれもいない部屋のなかで大きくひびいた。

——夢か……

苦笑いをした。うたたねをしていたようだ。

ふとみると、いろりの火が赤々と燃えている。火が燃えている？　では、いまのはほんとうにあったことだろうか……

——子どもたちが生きているといった！　毎晩、この家のまえにきているといった！　まさか。そんなことは夢にきまっている——

けれども、この思いは胸をあたためた。

——夢だってかまうものか。あの子たちと、みずえがかえってこられるように、戸を広くあけはなしておこう――

土間におりて、戸をあけはなした。

夜明けの風が吹きこんで、いろりの火を燃えたたせた。幸吉はおもわず深く息をすって、アハアハと笑った。すると胸のなかのしこりが、風に吹き飛ばされたようにかるくなった。

その晩、幸吉は髪をむすんで、ひげをそると、いろりに薪をたした。薪はあと三束と二本だ。バタンと音をたてて戸がゆれるたびに、火が赤く燃えたち、うす暗い部屋に、自分の影が大きくゆれる。

ふいに耳もとで声がした。

「あけていてくれて、ありがとう」

いつのまにか、あのおばあさんが幸吉とならんですわっていた。

「こんな夜は、火がなによりのごちそうね」

おばあさんは白い歯をみせて、うれしそうに笑った。ゆうべよりも若々しくなって、気のせいか、みずえに似ている。

そのとき、ドーン、ドドーンという波の音にまじって、小さな、ぴちゃぴちゃと波をたたくような音がきこえてきた。はだしで水たまりをかけるような音だ。

歌声もきこえる。

ちゃっぷ　ちゃっぷ　ちゃっぷ　ちゃっぷ
お月さま　あおい　海のそこ　あおい
波はきらきら　　ぎんのうろこ
イカのせなかも　ぎんぎらぎん
まっかなカニが　ハサミをふった
ヒトデがわらって　のびをした
海のそこ　あおい　お月さま　あおい
ちゃっぷ　ちゃっぷ　ちゃっぷ　ちゃっぷ
ぎんぎらぎんの　ぎん

歌声がやんで、子どもの声が家のまえできこえてきた。

「あいてる？」

「うん、あいてるよ。はいってみよう」

みな子と洋一の声だ。

幸吉は、思わず腰をうかせた。

「しっ、うごかないで。じっとして」

おばあさんの声に息をころした。

子どもたちがはいってきた。

肩から足首までゆったりとおおう、濃い青みどりの衣をまとい、頭には、やっぱり青みどりの、長い海藻をむすんだ帽子をかぶっている。ふたりは影のようにとびはねながら、家のなかをめずらしそうにみてまわった。古びた、小さなちゃぶだい、木のタンス、コンクリートの流し台、ポンプの井戸、なべ、かま、やかん、薪の束、そしていろり。

いろりの火に目をうつしたとき、みな子がおどろいたようにいった。

「おにいちゃん、この赤いチラチラするのはなに？　サンゴの手？」

「ちがうよ。なんだろう。ぼく、みたことがあるような気がするよ。えーと、えーと、なんだっけ……」

ふたりはいろりに近づいて、火のうえで顔をよせた。

——あぶない。やけどをする——

体を起こそうとすると、おばあさんがひざをおさえた。

「きれいだなあ。イソギンチャクの花かもしれないよ」

「うん、とってもきれい」

みな子が火のそばに顔を近づけると、帽子にむすんだ海藻から水がしたたりおちて、ジュッと音をたてた。

「あっ、ジュッていった。おにいちゃん、この音はなに。タコがすみをかける音?」

「ううん、ちがう」洋一は考えこんだ。「なんだかわからないけど、ぼく、この音をきいたことがある。ずっと、ずっとまえに……どこだったかなあ」

「ふうん。またジュッというといいな。そうだ、帽子をぬいで、きいてみよう」

両手で帽子をおさえたとき、笛のような音が、波音にまじってきこえてきた。

「あっ、お母さんだよ。もうおかえりって」

洋一がみな子の手をつかんだ。

「今日もイルカにのりたいな」

ふたりは手をつないで、楽しそうに戸口からでていった。


幸吉は胸がどきどきしていた。あんな着物をきてはいても、あれはやっぱり洋一とみな子だ。三十年まえとちっともかわっていない。それにしても、なぜ私に気がつかないんだろう。ああ、以前のようにパパとよんでくれたら、どんなにうれしいだろう。

「じっとしていれば、あの子たちにはあなたがみえないの。だからあなたが動かないかぎり、海の女は、安心してふたりをこの家に近づけることができるし、あなたも子どもにあえるのよ」

「海の女だって？」

「ええ、ふたりとも、今はあの女の子どもなの」

「どうすれば、取りかえせるんだい？」

おばあさんは、だまって首をふった。

「じゃあ、もし私が動いたら」

急にせなかをまるめて、さびしそうにつぶやいた。

「あなたの姿がみえて、パパだってことを思いだすわ。でも、あの女は、けっしてそんなことは、ゆるさない。まんいち、子どもたちがあなたの所にもどろうとしたら、あなたも子どもたちも殺すのよ。そうしたくなければ、動かないで、あの子たちの姿をみるだけで満足することよ」

幸吉はうなだれた。

――自分が死ぬのはかまわないが、子どもたちには生きていてほしい……でも、せめて一度でいいから、以前のように、パパとよばれて抱きしめられたら、どんなにうれしいだろう。だけど、そうすれば、ふたりとも死んでしまう。それよりは、つらくともがまんをして、ふたりの顔を毎晩みる、これがいちばんいいのだ。なにもかも、自分のせいなのだから――

いろりの火は、いつのまにか小さくなって、幸吉は暗い部屋にひとりっきりですわっていた。

つぎの夜、幸吉は、みずえの写真をタンスのうえにかざった。しばらくすると、波の音にまじって、小さな足音がきこえてきた。子どもたちは家のなかにはいると、楽しそうにあちこちみてまわり、じきに写真に気がついた。

「これ、なあに。貝がら？」

「ちがうよ。なんだろう」

ふたりはひたいをよせあって、写真をのぞきこんだ。

「カニのせなかのもようみたい」

「そうかなあ。ぼくには人魚のようにみえるよ。お母さんにも似ているけど、あたまに飾りもないし、魚でもないし……だけど、みたことがあるような気がする。なんだか、とっても、だいじなものみたいだ」

幸吉は胸がきりきりと痛んだ。とびだして、ママだよとおしえてやりたかった。しかし、それはできないことだ。

いろりの火が、赤く、大きく燃えたった。

「おにいちゃん、くるしいよ、顔がとける」

「ぼくも。顔から水がどんどんでてくる。そうだ帽子をぬごう」

ふたりは帽子をぬいで、もういちど写真をみた。すると、洋一がさけんだ。

「写真だよ。ママの写真だ！」

幸吉は胸がつまった。

「ママ？　じゃ、パパは？　パパはどこ」

「あっちだよ。ほら、あそこ」

「ほんとだ。パパーっ！」

洋一とみな子が、ひざと胸にとびついてきた。思わず抱きしめようとしたとき、おばあさんの言葉を思いだした。動いたら、子どもたちは殺される。

「パパの写真だ。ぼく、パパのそばでねるー」

「みな子も。パパのそばにいるー」

ふたりは幸吉の両わきによこになった。

幸吉は、身動きひとつしないで涙をながした。

そのとき、遠くで海鳴りの音がして、風がはげしく吹きだした。

「あっ、お母さんだ。もう家にかえりなさいって」

「今夜はコンブのおふとんで、ねんねだって」

うたうような声をききながら、声をあげて泣いた。


「がまんすることね」

いつのまにか、おばあさんが、いろりのまえにすわっていた。

「あんたか……うん。それにしても、どうしてあの子たちは、私を写真だと思ったのだろう」

「帽子しかぬがなかったから。あの着物をきているかぎり、あの子たちは海の女の子どもなのよ」

「だったら、着物をぬがせて、いろりの火で燃やしてしまえば、またもとの洋一とみな子にもどるんだね」

「ええ。でも、そうなるまえに、女がふたりを殺すでしょう」

「だったら、そのまえに、ふたりを抱いて裏の山に逃げればいい。逃げて、逃げて、山のてっぺんまでいけば、いくら海の女だって、おいつけないだろう」

火が、大きく燃えあがった。

「そうかもしれない。でも、そうすると、ふたりとも、いっぺんにおとなになるのよ。赤ん坊のようにまっぱだかで。いいこと、あれからもう何年たったと思ってるの？　なんの用意もなしに、いきなりおとなになるということがどういうことか、わかってるの？　友だちも、学校も、仕事もなんにもなくて、とつぜん年をとるということが。それに、あなただって、いつまで生きられるの。どうやって、あの子たちの面倒をみるの」

幸吉はうなだれた。

さっきあんなに勢いよく燃えていた火が、いつのまにか、とぼっていた。

――そうだね。せめて十年、いや十五年まえだったら、私にも、なにかできたかもしれない。でも、今となっては手おくれだ。それにこの暮らし。かえってきても、着るものひとつ、いや食べものだって、まんぞくに食べさせてやれない。いっしょにいても、みじめな思いをさせるだけだ。それよりは、いっそ今のまま、小さな子どものままで、海の女といっしょにいさせるのが、せめてもの親のなさけかもしれない……

「そう、苦しいけど、そのとおりですよ」

耳もとで声がした。

ふりかえってみたが、だれもいない。薪が、かすかに燃えているだけだ。

つぎの晩、幸吉は体をきれいに洗って、えんがわも戸口も広くあけてまっていた。風が吹きこむたびに、火が勢いよく燃えあがる。こんなに広く戸をあけて、薪をおしげなく燃やしたことは、今までなかった。

子どもたちが、ゆうべ自分のそばでよこになってくれたことを思うと、胸のなかが、いいようもなくあたたかくなる。風邪はだいぶよくなった。そろそろ山から木を切りだしてこよう。

土間をみると、薪の束は、まだ三束と二本、手もつけないで残っている。

「あんなに使ったのに、どうしてへらないのだろう。だれかが、つぎたしてくれたのだろうか。それなら、だれが……」

声にだしてつぶやくと、また耳もとで声がした。

「それは私。いえ、あなたですよ」

いつのまにか、あのおばあさんが、いろりのまえにすわっていた。すっかり若くなって、目がきらきらかがやいている。

「みずえ、おまえ、みずえだね」

「そうよ。今まで気がつかなかったの？　あんなにいったのに」

みずえは、白いのどをみせて笑った。

「あなたの大好きな奥さんよ。あなたの愛、よろこび、希望、そう、あなたのなくした半分の心なの」

「あなたの、なくした、半分の心だって？」

「ええ、あなたが失った心。私たちはいっしょになって、やっと本当のひとりになれるのよ」

「ふたりで、本当のひとりだって？」

「そう。あなたは私とはなれているあいだ、ずっとひとりっきりで、暗い部屋で凍えていたでしょう。そのあいだ、私もいっしょに凍えていたの。あなたは気がつかなかったけど、私は、いつもそばにきていたの。あなたといたい、いっしょにあたたまりたいと思って。それなのに、あなたったら、戸をぴったりしめて、しんばり棒をしっかりかって、だれひとりなかに入れようとしなかったじゃないの」

「いつもそばにきていた、だって？　どうして」

「私は、あなたの心ですもの。あなたと私がいっしょになって、初めて、ほんとうにひとりになれるのですから。そうなって初めて、ほんとうに深く、深く、あたたまることができるのじゃありませんか。ね、心って、そういうものでしょう」

幸吉はそっぽをむいた。

「そんな夢みたいなことといわないでくれ。私は、どうしても、ひとりでいなければいけないんだ」

いろりの火が暗く、小さくなった。

「もう、そんな強がりはよしましょうよ。あなたは、ほんとうは、いつもつらくて、寂しくて、いつだって私をよんでいたじゃないの。私だって、あなたとはなればなれになっていたときは、ほんとうにつらくて、寂しかったのよ。あんまり寂しくて、消えてなくなるかと思ったほどだった……」

幸吉は目をふせた。

「でも、あなたは戸をあけてくれた。おかげで、まるで熾火のように、私も息をふきかえして、またあたたかくなれたの。この火を燃やしているのは、薪ではなくて、あなたと私がいっしょになった心、そう、ほんとうのあなたなのですよ」

幸吉は、だまって火をみつめた。

火はやわらかく燃えていた。

胸の奥ふかくから、ため息がわきあがってきた。なんて、やすらかな気持ちだろう。

「みずえ……」

　思わず声にだしていったが、姿はなかった。

　そのとき、小さな波の音にまじって、子どもたちの声がきこえてきた。

「だめよ、お母さんがいっちゃいけないって、いったでしょ」

「うん。だけどぼくは、ここがとってもたいせつな所のような気がするんだ。まるで竜の洞穴のように、宝ものが、おいで、おいでってよんでいる気がするんだ」

「おにいちゃんも？　ほんとは、みな子もそうなの。あそこのあの赤いサンゴの手、あれをみると、うれしいな、つかみたいなって思うの。だけど、そばによると、顔や体から水がでて、気持ちがわるくなるの」

「ぼくも。でも、どうして水がでるんだろう。そうだ、着物をぬごう。そうすればいいかもしれない」

　洋一が着物と帽子をぬぐのをみて、みな子もぬいだ。すると、とつぜん、幸吉の姿がはっきりみえた。

「パパだ！　パパ、ここにいたの」

「パパ、まっていたの？」

ふたりは、幸吉にだきついてほおずりをした。

幸吉はこらえきれなくなって、子どもたちを抱きしめた。三十年あまりものあいだ、おさえにおさえていた悲しみとよろこびが、涙とともにこみあげてきた。

「パパ、どうして泣くの？　おとななのに泣くの」

「泣いちゃだめ。あしたは、ママもいっしょに、みんなで釣りにいくんでしょ」

幸吉は大声で泣きだした。

「洋一、みな子、ゆるしてくれ。パパがわがままをいったばっかりに、こんなことになってしまった。パパは、ずっとみんなにあやまりたかった。だけど……」

波の音が高まって、風がはげしく吹きつけた。

洋一がふいに思いだした。

「パパ、船はどこ？　ママはどこ？　早く逃げよう」

「パパ、青い人がくるよ。こわいよ、逃げようよ！」

幸吉はふたりを抱きしめた。

「ゆるしておくれ、パパのせいで、おまえたちを海の女にわたしてしまった。もうパパにはかまわないで、早く着物をきて、海におかえり。それがおまえたちには、いちばんいいことなんだよ」

洋一は、はっきりと思いだした。

「いやだ。ぼくは人間だもの。海になんかいくものか！　わるいのはパパじゃなくて、あの女なんだ。あいつがぼくたちをさらったんだ。ええい、こんなもの、燃やしてしまえ！」

洋一は着物を火にくべた。海が大きくうなり声をあげた。

「みな子も。パパや、おにいちゃんといっしょにいる」

幸吉は腹をきめた。ふたりの手をつかむと、老人とは思えない足どりで外にでた。その瞬間、いろりの火が燃えあがり、風の音とともに、まっ黒な波が道路をこえておしよせてきた。

幸吉は子どもたちの手をひいて、山をかけのぼった。まっ赤な火の玉が、みちびくようにまえをとぶ。波が高くおしよせて、蛇のように山をのぼりはじめ、三人のうしろにせまった。

そのとき、ふいに火が、波のまえに立ちはだかった。波はその火をのみこむようにもりあがり、おそいかかった。火はいっそう大きくなって、波をおしかえす。早く、もっと早く逃げて！　という、悲鳴のような声が風のなかにひびき、幸吉と子どもたちは木の根につかまりながら、上へ上へとすすんでいった。

突然、あたりがまっ暗になり、かんだかい、勝ちほこったような女の笑い声が、やみのなかにひびいた。

あくる朝、漁にでようとした人々は、だんまりじいさんの家の裏山がえぐられて、家が土台ごと波に流されて、なくなっているのに気がついた。

「ゆんべは、あったに天気がいかっただに、なんとしたことだべ」

「そういや、かあちゃんが、夜中に海鳴りがして、裏山のうえに赤い火の玉がみえたといっていたども、ねぼけたんではなかったんだ」

「おらもみたよ。まっかな火が、がんがん燃えて、波のうえを飛んでいた。おらはもうおっかなくて、雨戸をしめて、布団ば頭からひっかぶって、ねてしまったんだ」

村人たちは、おそるおそるだんまりじいさんの家のあとにいった。すると、なんともおかしなことに、家のあったあたりには、薪がかさなりあって赤々と燃え、そのそばに、みたこともない裸の子どもがふたり、じいさんにしがみついて死んでいた。小学生ぐらいの男の子と、まだおさない女の子だ。

ふたりは、まるでじいさんを敵から守ろうとするかのように、目を大きくみひらいている。よくみると、ふたりの肩には、うっすらと、いれずみのように、青みどり色のウロコのようなもようが浮かんでいる。

おまけに、あれほどぶあいそうで、人ぎらいだった、だんまりじいさんは、この子どもたちを両腕にしっかりと抱きかかえて、若々しく、ほとんど幸福とでもいえそうな、やすらかな顔で死んでいるのだ。

「これは、いったい、なんとしたことだべ」

「そういや、じいさんには子どもがふたりいて、この海でおぼれて死んだという話をきいたことがあるで。ひょっとしたら、あの子らではねえのかな」

「それだって、だいぶ昔のことだべ。そったことって、あるかなあ」

人々は首をひねりながら、三人の体をひきはなそうとした。けれども三人は、まるで目にみえない糸でむすばれているように、どうしてもはなれない。そのうえ根っこでも生えているように、地面からもちあげることもできないのだ。

人々は、しかたなく、三人を火のそばにおいたまま、土をかぶせて塚をつくり、とむらいをした。


あれからもう何十年もたった。

なんでも、あの火は、どんなに雨や波にさらされても、けっしてきえることなく燃えつづけ、今でも、三人の塚のそばで燃えているということだ。

〈著者紹介〉
喜田美樹（きた みき）
東京外国語大学卒。
「現代少年文学」同人
「日本児童文芸家協会」会員
訳書『太陽が見える』（フダール・ドゥムバッゼ著）
児童文学の創作に取り組むかたわら、昔話、特にロシアのジプシーの昔話に関心を持つ。
横浜市在住。

ネムとジド

2024年1月17日　第1刷発行

著　者　　喜田美樹
発行人　　久保田貴幸

発行元　　株式会社 幻冬舎メディアコンサルティング
〒151-0051　東京都渋谷区千駄ヶ谷4-9-7
電話　03-5411-6440（編集）

発売元　　株式会社 幻冬舎
〒151-0051　東京都渋谷区千駄ヶ谷4-9-7
電話　03-5411-6222（営業）

印刷・製本　中央精版印刷株式会社
装　丁　　立石愛

検印廃止

ISBN 978-4-344-94656-9 C0093
幻冬舎メディアコンサルティングＨＰ
https://www.gentosha-mc.com/